JN073166

竜帝陛下の
一途すぎる溺愛
Novel
釘宮つかさ
Illust 笠井あゆみ
CROSS
NOVELS

目次

CROSS NOVELS

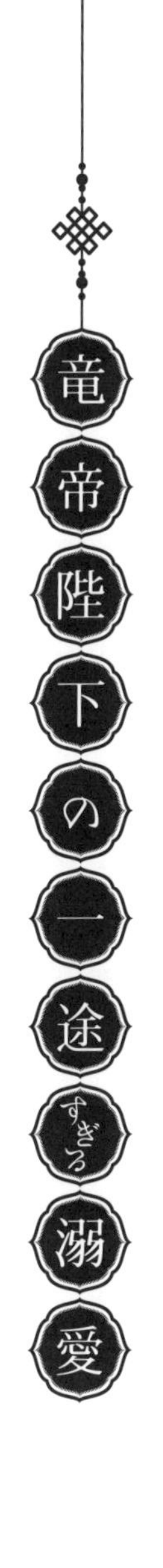
竜帝陛下の一途すぎる溺愛

＊序章＊

ぼんやりと目を開けた次の瞬間、ふいに体中がずきずきと痛み出した。

背中には硬いものが触れ、見えているのは曇り空だけだ。かすかな土の匂(にお)いから、珠莉(しゅり)は、自分が地面に仰向けに転がっていることに気づいた。

（な、なに……？）

血なまぐさい匂いが鼻をつき、額(ひたい)には濡れた感触がする。

口の中にも苦い血の味が広がっていて、血か涙かわからないもので片目の視界がぼやけている。

（……いったい、なにが起きたんだろう……）

事故にでも遭ったのかもしれないが、何も思い出せない。

周囲に人の気配はない。この状況に気づいて、駆けつけてくれる者は誰もいないようだ。

しかも、助けを呼ぼうにも喉が詰まったようになっていて、まともに声が出ない。

――このままでは、死んでしまうかもしれない。

危機感が募り、誰か助けて、と願う。小さく呻(うめ)くことしかできずに、痛みを堪(こら)えていると、唐突にひょこっと誰かがこちらを覗(のぞ)き込んだ。

曇天を背にしたおぼろげな視界に映るのは、二十代半ばくらいの若い女だ。

助けが来たのだ、と珠莉はホッとした。

だが、目が合っても、見知らぬその女は、大丈夫かと声をかけるでも周囲に助けを呼ぶでもない。

なぜか彼女は、瀕死(ひんし)の珠莉を見て、紅を塗った唇の端をニッと上げた。

『……よかった、生きていたわ』

女は顔を上げて、誰かに早口で声をかける。

『この子を運んでちょうだい。早く隠さなきゃ』

着物のような服を着ているが、和服とは違う。

にわかに、ここはどこなのかと混乱する。珠莉の中に強い不安が込み上げてきた。

『あなたには役に立ってもらわなきゃね』

女がまた何かを言ったとき、遠くから鋭い声が聞こえてきた。

舌打ちをした女は、サッと立ち上がって視界から消える。彼女が離れていく気配に、珠莉は動揺した。

待って、置いていかないで、と思いながらも、頭がくらくらして身動きできない。

追いすがることもできずに、意識は遠のいた。


次に目を開けると、珠莉は誰かに抱き起こされようとしていた。

『大怪我をしているんだ、早く医師を呼べ！』

彼は高い声で必死に叫んでいる。

朦朧（もうろう）とした意識で見上げると、自分を抱えているのは少年のようだと気づいた。

同い年くらいだろうか、長い黒髪を一つに結んだ彼は、かすんだ視界でもわかるほどきりりとした美しい顔立ちをしている。

頭がぼんやりしているせいか、思考が働かない。そんな中でも、子供ながらモデルか俳優にでもなれそうな綺麗な顔をしているな、と思う。

『痛むだろう？　可哀想に……ああ、また血が』

反射的に、大丈夫、と言おうとして頭を動かす。目の辺りに湿った嫌な感触がした。

慌(あわ)てた様子で懐から布を取り出した少年が、そっと珠莉の額を拭ってくれる。

彼が手にした布が鮮血に濡れて、どうやら自分はかなりの大怪我をしているらしいと気づく。

驚いて額に触れようと手を持ち上げれば、油の切れた機械みたいに体がまともに動かない。しかも、わずかに動かしたことで、全身がにわかに激しく痛み始めた。

「う、ぅ……っ」

身を強張らせて呻くと、少年が血相を変える。

周囲からおろおろとした様子の声がかけられる。

『皇太子殿下、お召し物が汚れます』

『どうぞ、その者をこちらへ』

他にも何人か人の気配がして、彼らは自分たちを取り囲んでいるようだ。

『汚れなどかまわない、こいつは僕が殿内に運ぶ。ともかく、一刻も早く医師を。今すぐに、僕の名を出して連れてこい！』

少年は強い口調できっぱりと言い切ると、珠莉を横抱きに抱え上げる。

驚くほど力が強く、しっかりとした足取りで彼は歩き出す。

朦朧とした意識で見上げると、目が合う。彼はなぜかハッとして、珠莉をまじまじと見つめた。

『すぐに手当てさせる。大丈夫だ』

少年は珠莉を運びながら、囁くようにして続けた。

『安心しろ。お前のことは、僕が守ってやる』

（なんて言ってるんだろう……）

目を開けてから、耳に入るのはすべて知らない言葉だ。何を言われているのか、珠莉には一言もわからなかった。

それでも、気遣うように言ったその声音で、彼が自分に伝えたいことはわかった。

彼は、先ほどの女とは違う。

この少年は、自分を助けてくれようとしているのだと。

緊張が解け、すでに限界だった珠莉は、少年の腕の中で意識を手放した。

——それが珠莉と、劉華国皇太子である紫冰との出会いだった。

＊

太陽がゆっくりと傾き始めた、寅の刻の初刻。

その日の仕事を終えた皇帝が、住まいである翔舞宮に戻ってきた。

彼が側仕えの問いかけに頷けば、早めの夕食の時間だ。

皇帝が金と赤の屛風を背にした椅子に腰を下ろすと、艶やかに磨き上げられた真っ赤な卓の上に、料理の皿が所狭しと並べられていく。大なり小なり妖力を持つ宮の使用人たちの手によって、冷たいものは極力冷たいまま、温かいものは湯気が消えないようにと気をつけながら運ばれてくる。

美味しそうな香りが室内に漂う中、給仕の使用人たちが速やかに下がる。

部屋には皇帝の他に、古くから彼に仕えてきた側仕えの康と、それから珠月だけが残った。

慣れた手つきですべての皿から料理を少量ずつ取り分けると、康はこちらを見た。

「珠月」

促されて、珠月は皇帝に深々と拱手の礼をする。卓の端の席につき、「無礼をお許しください」と言うと、取り分けられた料理に口をつけた。

神と同然とされる皇帝のために用意されるのは、国中から食材を選りすぐり、国一番と誉れ高い料理人が腕を振るって作った料理だ。とはいえ、現皇帝が日常でより好むのは、豪華な珍味よりも、新鮮な食材を使った素朴な家庭料理だ。

どちらにせよ、珠月には取り分けられた皿の中身を堪能する間はない。上座から向けられる視線を感じながら、手早く、すべての料理を口に入れて毒見をする。

ゆったりと椅子に背を預けた男が、酒の杯を手に、その様をじっと見つめている。

少し辛味が強い料理があったが、毒ではない。最後の一口を咀嚼（そしゃく）して呑（の）み込む。口元を布で綺麗に拭ってから、珠月はもう一度拱手して告げた。

「問題ございません」

「そうか」と頷くと、毒見の様子を眺めていた男は、ふと思い立ったように珠月が使った箸（はし）を手に取った。

それは、片付けるため、下げる盆の上に置いていたものだ。

「あの……おそれながら、皇帝陛下」

「なんだ」

「綺麗な箸ならそちらに用意してございます」

珠月はおそるおそる言って、膳の上に揃（そろ）えられた皇帝用の箸を指す。

だが、「いや、これがいい」と彼は言う。そして、あろうことか、本当に珠月が使った箸を持って料理を食べ始めるのに仰天した。

この男こそが、大陸の覇権を握る劉華国皇帝、劉紫冰（リュウシヒョウ）である。

一国の皇帝が、使用人が使ったあとの箸を使うなど、あり得ない。

「まっ、お待ちください……紫冰さま！」

珠月はとっさに彼の名を呼んで止めようとする。けれど、豪快に料理を口に運ぶ紫冰の手は止まらない。

「せっかくお前が毒見をしてくれたというのに、新しい箸を使っては何か塗られていないとも限らない。だが、お前が使ったものなら安心だろう」

紫冰は平然として言う。

二人のやりとりを聞いている康は、慣れているせいか、表情も変えず部屋の隅に控えている。

加勢してほしかったが、どうやら味方にはなってもらえないらしい。

なおも止めようとした珠月は、康が控えろと言わんばかりに目くばせをしてくるのに気づいて、やむをえず浮かした腰をゆっくりと戻した。

——幼馴染みとはいえ、相手は皇帝だ、と自分に言い聞かせる。

「……取り乱して、申し訳ありません」

「構わぬ」

珠月の謝罪をあっさりと受け入れ、紫冰は旺盛な食欲で食事を続ける。

珠月はその様子を恨めしい気持ちで見つめた。

帝位に即いて七年。紫冰は今年、御年二十二歳を迎えた。

きりりとした眉にはっきりとした目鼻立ち。かたちの良い唇は、珠月の前では口の端を上げていることが多い。

長身で鍛え上げられたしっかりとした体格は、代々の勇猛な劉家の男たちの血を思わせる。いっぽう、一つに結んだ長く艶やかな黒髪と、その端正な顔立ちは、巫女である母君の美貌を色濃く受け継いでいる。その匂い立つような男振りときたら、彼が正装をして公の場に出るたびに、集まった貴族の息女や子息たちから卒倒する者が出るほどだ。

しかも、紫氷が天帝から授かったのは、美だけではなかった。

彼は劉家の者が代々受け継ぐ強い妖力までもを、一族の誰よりも多く持って生まれてきた。更には自ら厳しい修練にもよく励み、様々な術も巧みに操る。彼自身が妖術も剣の腕も突出しているので、平時は守護の術者を連れ歩く必要もない。

周辺国からは、高齢で先行きが不安であったり、酒や色に溺(おぼ)れて堕(お)ちていったりする皇帝や国王の話も時折耳に入ってくる。そんな中、紫氷は国の未来を預けるにこれ以上ないほど相応しい主君だと珠月も誇らしい。

――しかし、この私的な宮に戻り、そばに康や珠月といった慣れ親しんだ者しかいなくなると、彼は時折、若き立派な皇帝の顔を脱ぎ捨てる。

珠月より二歳年下だけれど、普段は年より落ち着いて見える。それなのに、翔舞宮にいるとき、珠月にだけは、こうして子供のような悪戯(いたずら)をしかけてくるのだ。

（……これは紫氷さまの気まぐれだから……）

戯(たわむ)れに箸を共用されただけで、決してこれは、間接的な接吻(せっぷん)などではない。

珠月はそう自らに言い聞かせ、内心の戸惑いを押し隠した。

――珠月は十四年前、大怪我をした状態で宮城の敷地内に現れた。

異世界にある日本国からこの劉華国に、わけもわからないまま、唐突に転移してしまったのだ。

しかも『珠莉』という名前と、当時十歳だった年齢以外、自分に関することは、今に至るまでどんなに記憶を探ろうとしても何も思い出せない。

血塗れの自分を見つけて、助けてくれたのが、皇太子時代の紫氷だった。

彼は珠莉に、この地で生きていきやすいように『珠月』という新しい名前をつけてくれた。

珠月は彼に対して深い恩義を感じている。もし紫冰が手を差し伸べ、自らの守護下にあると宣言してくれなかったら、異世界人の自分はとっくの昔に始末されていただろう。

だから、こうして彼のそばで働き、紫冰のために尽くすことが、珠月にとっては恩返しであり、何よりの喜びなのだった。

成長した紫冰が帝位に即いたとき、珠月は彼の側近官の一人に抜擢された。

もちろん、身元の不確かな人間をそばに置くことに、貴族や高級官吏たちから反対の声がなかったわけではない。

最終的に珠月が認められたのは、宮城で政務や軍務を支える他の側近官とは異なり、翔舞宮専属の側近官としてだ。紫冰は苦い顔をしていたが、珠月はありがたく受け入れた。彼の住まいであるこの宮で働けて、少しでも紫冰の役に立てるならそれだけでじゅうぶんだった。

そんな珠月の仕事は、大きく分けて三つある。

一つは側近官として、康とともに侍女や下女たちを纏め、皇帝の暮らす翔舞宮を整える。そして、彼が宮にいる間は眠るまでそばに付き従い、細かく身の回りの世話をする。

更にもう一つの役割が、皇帝の毒見係という光栄な任だ。

（……あともう一つは……いつまで使ってもらえるかわからないけれど……）

頭の中で考えていると、切ない気持ちになる。慌てて仕事中だぞと自分に言い聞かせ、雑念を振り払った。

康と珠月の給仕で食事をしていた紫冰が、ふと箸を持つ手を止めた。

「この味付けはお前には辛かっただろう。舌は大丈夫か？」

いま彼が食べていたのは、いくつかの香辛料をふんだんに使った肉と野菜の炒め物だ。色は真っ赤で香りも強く、食欲が湧く味ではあったけれど、確かにかなり辛かった。

珠月は他の者に比べて格段に舌が敏感だ。繊細なぶん、味の強いもの、特に辛味に弱いのが悩みどころだが、この舌のおかげで、毒はもちろんのこと細かな味の差や材料も判別できる。

「少々香辛料が強めではありましたが、問題ありません。おそらくは花椒と、それから良姜が多く入っていて――」

「どれ、見せてみろ」

「え？」

使われたであろう香辛料について説明していた珠月は、思わず目を瞬かせた。

紫冰は真顔で珠月に近づくよう促す。

「舌を火傷していないか見せろと言っているんだ。お前は昔から、辛いものを食べては涙目になっていたから心配だ」

――何を言い出すのか。

珠月は問題ありません、と言おうとした。けれど、彼の表情が先ほど珠月と同じ箸を使ったときとは異なり、真面目なものだと気づく。紫冰は態度がはっきりしていて、からかい交じりのときと本気のときとがわかりやすい。

つまり今は、珠月の舌を本当に心配してくれているのだ。

やむを得ず、座っている紫冰に近づいてその場に跪く。頤に手をかけて上向かされ、おずおずと舌を出して見せた。

彼がいっそう顔を近づけてきて、まじまじと舌を覗き込んでくる。恥ずかしかったけれど、必死で堪えた。

確認した紫冰は、「……ふむ。少し赤くなっているようだが、火傷はしていないようだな」と言って頷く。珠月はホッとして舌を引っ込めた。

「だが、痛みが出るようならすぐに言え。それから、康。料理人に、この炒め物は美味だが辛味が強すぎたこと、今後はこの皿に使った香辛料を控えめにするよう伝えておいてくれ」

承知いたしました、と言って康が頭を下げる。

珠月は彼の指示に慌てた。

そもそも紫冰は辛い味付けが好物なのだ。珠月が毒見をするようになってから、少しずつ味付けが薄くなり、辛い料理が減ってきた気がしていたが、それはまさか――。

「あの、紫冰さま……」

食事を再開した紫冰は、躊躇(ためら)いながら声をかけた珠月をちらりと見た。

「これはお前のためだけではないぞ？　毒を入れられても、濃い味ではわかりづらい。それに、せっかくの新鮮な素材ならば、その味を堪能しようと思ってな」

そう言われては、自分に構わず辛い味付けを、と勧めるわけにもいかない。

「それに、宮城の宴席ではこれでもかと濃い味付けの珍味が出てくる。酒の席だし、舌の肥えた貴族たちはそういった味を好むから仕方ないが、この宮でくらいは俺の好きにしてもいいだろう」

紫冰の言うこともっともだ。そういうことならと、珠月は大人しく引き下がる。

だが、それが本音だったとしても、一部は珠月の舌を思い遣ってくれてのことだろう。感謝の気持ちが湧き、小さな声で礼を言う。

聞こえたのか、紫冰が口の端を上げた。

珠月が彼の毒見役となったのは、紫冰が帝位に即いて間もない頃だった。

ある日、それまでの毒見役が体調を崩して休み、珠月は自ら代わりの毒見係に志願した。

単純に、紫冰の役に立ちたかったからだ。

そして、幸か不幸か、その日の皇帝の夕食に毒物が混入された。毒見をした珠月は、呑み込む前に異変に気づいて吐き出したが、異世界人である珠月の言い分を疑い、同じものを口にした先輩の侍女はその場で倒れた。手当てを受けたが、彼女は数日後に命を落として、皆震え上がった。

その一件で、珠月はどうやら自分は舌の感覚が他の者より優れているようだということを知った。

紫冰は珠月を毒見役に据えることに反対したが、周囲の者は珠月を使うよう勧めた。おそらくは、珠月が身寄りがなく死んでも構わない人間だったからだろう。それに、普通の侍女は毒見を恐れるもので、珠月のように毒見係に自らなりがたる者は稀なのだ。

結局、紫冰は嫌々ながらも『他に適任者が見つかるまでの間』という条件付きで、珠月を毒見として認めるしかなかった。

毒見は通常、長くとも一年程度で交代する。しかも、毒にあたって辞めるか、もしくは精神的に参って辞めるかのどちらかがほとんどだという。だが、珠月はこの七年の間に三度、紫冰を狙って混入された毒を口にした。しかし、すぐに気づき、三度とも大事には至らずに済んでいる。

紫冰からはそろそろ交代をと促されることもあるが、そのたびに、どうか続けさせてほしいと頼み込んできた。

どんなに気をつけても皇帝には敵が多い。だから珠月は、できる限り長く、この役目を続けたいと願っているのだった。


食事が済んだ頃、宮城から軍務の側近官がやってきた。

紫冰が通せと命じると、側近官の一人である武官が筒を携えて入ってくる。

「お食事中に申し訳ありません。栄寧国（えいねいこく）との国境官吏から、急ぎの報告とのことです」

紫冰は眉を顰めつつ、筒から出された書状を受け取ると、卓の上に広げる。

侍女たちとともに速やかに食器を片付けた珠月は、彼の仕事の邪魔にならないように静かに居室をあとにする。

（栄寧国で何かあったのかな……）

不安が過る（よぎ）が、この国には盤石の守りがある。

大陸では、ここ劉華国、栄寧国、祥丹国（しょうたんこく）という、三つの国が長く覇を争ってきた。

最終的に二十年ほど前、劉華国が圧倒的な勝利を収め、大陸の半分を得るに至った。最後の大戦が終結したあとは各国間で協定を結び、積極的な交易が進められるようになった。現在は、歴史の中でも最も平和な時代が到来した繁栄のときだといわれている。

水神の加護を受けるこの劉華国は、周辺国から『水の国』と呼ばれている。

首都である天龍府（てんりゅうふ）には縦横に川が流れ、小舟が街人の移動手段となっている。地方では水車が脱穀に使われ、荷は大船で首都の関所に向かう。そんなふうに、豊かな水脈が人々の生活に大きく寄与しているからだ。

強力な妖力を持つ代々の劉華国皇帝たちは、水神に祈りを捧げ、国と民を守護してきた。そのおかげで洪水や飢饉は遠ざけられ、堅実な治政が地方官吏を通じて国の隅々まで行き届いている。民は安定して増え、劉華国は今まさに成熟のときを迎える最中にあった。

使者が何を知らせに来たのかという不安はいったん頭の中から消し、厨房に食器を運び終える。

「湯の支度はできている？」

湯殿に行って下女に訊ねると、できております、という答えが返ってきてホッとした。

皇帝が宮に戻るという知らせが来てから、いつでも彼が望んだときに湯浴みができるよう準備をしてある。

紫冰は湯を使うときはいつも一人だ。襦裙を脱ぎ着するときだけ康が手伝い、湯殿の中では何か必要があれば使役している生き物を呼び出すので、湯浴みに関して珠月の出番はない。

（あとは……酒肴の支度も指示したし……寝間も整えさせたから……）

皇帝が寝床につき、特別なお召しもなければ、自分も今日の仕事は終わりだ。夕食の席で何も命じられなかったので、今夜はもう眠るだけだろう。

そう思うと、安堵しつつも、少し残念でもあるような、複雑な気持ちが胸に湧いてくる。

（……馬鹿だな……何を考えてる……？）

すぐに慌ててぶんぶんと首を横に振り、珠月はその気持ちを打ち消した。

紫冰が少しでもこの宮で心身を休めるようにするのが、側仕えの務めだ。

今夜は、新しく調合させた香を寝所に薫いておこうかと考えて部屋を出る。皇帝が宮に戻ってから、寝所に足を踏み入れるのを許されるのは、古株の康と珠月だけだから、これぱかりは他の者に頼むことはできない。

回廊を進むと、格子戸から沈みかけた夕日の光が差す。

橙色に照らされた通路を歩き始めたところで、背後から「珠月」と声をかけられた。

「――康さん」

難しい顔をした康が近づいてくる。

「どうしました？」

何かあったのだろうかと心配になって訊ねると、康は口を開いた。

「……夜伽の支度を。紫冰さまのお召しだ」

どこか言いづらそうに告げられ、驚きで珠月の心臓はきゅっと竦み上がった。

珠月は使用人用の湯殿に行き、手早く身を清めた。

急いで体を洗い、最後に香草を入れた湯に浸かりながら、気持ちを落ち着かせようとする。

（……まさか、今日だったなんて……）

紫冰からの夜のお召しは、だいたい月に一、二度程度だ。

食後の茶を飲み終えたあとで直接言われることもたまにあるけれど、ほとんどの場合は康を通じて伝えられる。だから、珠月は紫冰が寝所に戻って休むまでの間はいつも落ち着かない気持ちでいる。

先ほどの使者の知らせはなんだったのかと気になったが、そうかからずにこうして自分が夜伽に呼ばれたところを見ると、おそらくはすぐに何か起こるような大きな問題ではなかったのだろう。

体を拭くと、新しい中衣を身に着け、急いで湯殿の続き部屋を出る。

翔舞宮には数多くの部屋があるけれど、向かうのは、紫氷が珠月のために誂えさせた襦裙を保管する専用の衣装部屋だ。

「待っていましたよ、珠月。さあこちらへ」

その部屋で迎えてくれたのは、香菱（コウリョウ）という名の中年女性と、それからまだ若い明蘭（メイラン）という名の二人の侍女だ。

香菱は仕事のできる女性で、古くは紫氷の母君に仕え、彼女が亡きあとに紫氷の宮付きとなった。もう一人の明蘭は、香菱の推薦で手伝いを頼んでいる。

香菱たちは紫氷が珠月に贈ってくれた数えきれないほどの襦裙や装飾品の管理も担当している。新しいものが贈られれば収納場所を開け、昼間はそれらを虫干しして香を薫き染（し）め、必要があれば下女に洗わせて、耳環（みみわ）や腕輪との組み合わせを考えてと、やることは多い。

「今日はこちらのお襦裙にいたしましょう」

たくさんの衣装の中から香菱が選んだのは、袖（そで）と胸元に繊細な刺繍（ししゅう）が施された、薄く透ける布地を使った水色の襦裙だ。もちろん珠月に異論はない。二人の手伝いで中衣の上から袖を通し、襦裙より少し濃い色の下衣を穿（は）いて、腰紐（こしひも）を結ぶ。

「さあさあ珠月、次はこちらにお座りくださいな！」

着替えが済むと、今度は明蘭にいそいそと手を引かれて椅子に座る。

器用な明蘭は、髪を整える係だ。彼女はいつも、なんの妖術かと思うような素早さで、普段は結んでいるだけの珠月の髪を綺麗に梳かし、上半分だけを見事に纏め上げる。

その間に香菱が珠月の顔に化粧を施す。とはいえ、紫冰はあまり濃い化粧を好まないので、わずかに目元に色を加え、唇にもほんのりと淡く紅をさす程度だ。

仕上げに明蘭が可憐な花飾りと玉のついた簪（かんざし）を髪に挿す。

手が空（あ）いたほうが、珠月の両手の爪を丁寧に磨き、香油を塗り込んでくれる。最後に二人がかりで上着を着せられれば、完成だ。

「今日もありがとう、二人とも」

珠月が礼を言ったところで、康が何やらたいそうな作りの箱を持って入ってきた。

「その箱はなんですの？」

興味津々な明蘭の問いかけに、康が箱を卓の上に置きながら言う。

「こちらは陛下から珠月へ、今宵身に着けるようにとの贈り物だそうだ」

香菱たちが興味津々に見守る中、促されて、珠月はおそるおそる箱を開ける。

「まあ！」

明蘭が口元に手を当てて声を上げる。珠月も思わず息を呑んだ。

中には淡い青に煌めく宝石をあしらった、美しい耳環が収められている。

香菱に耳環を着けてもらい、珠月は姿見の前に立つ。

鏡の中には、一見すると、どこの貴族の娘かと思うほど上品でたおやかな雰囲気をした令嬢が映っているのに驚く。耳環の色合いは、ちょうど今夜の襦裙の色に合うようにと誂えたかのようにぴったりだ。

「なんて綺麗な贈り物なんでしょう。色白な珠月によくお似合いだわ」

明蘭は頰を染めて興奮している。

「本当ね。これも紫氷さまの珠月への特別なご寵愛の証しでしょう」

香菱も惚れ惚れしたように言った。

「い、いいえ、そんなことは」と珠月は狼狽えていた。

劉華国では恋の相手に性別の制約はなく、同性であっても伴侶にできる。皇帝の正妃となれるのは子を産める女のみだけれど、夜伽の相手には同性を選ぶこともよくあった。

そして、多くの者に手をつけることはいい顔をされず、決まった者を大切にすることが尊ばれる。だから、紫氷が珠月を最初の夜から夜伽の相手として選び、その後も彼だけを召し上げ続けていること自体は、この国の皇家ではそれほど珍しい話ではなかった。

（だけどそれは、寵愛を受けているからじゃない……）

思わずうつむいた珠月の背に、香菱がそっと触れた。

「なぜあなたはそんなに自信がないのかしら」

目を向けると、彼女は不思議そうな顔をしている。

「もっと誇っていいことよ。あなたはこの宮で立派に仕事をしながら、勇敢に毒見役も続けているのです。そのうえ、こうして唯一、陛下のご寵愛を受ける身なのですからね」

「そうそう、特別な褒美をいただくくらい、皆納得するわ。堂々と受け取ったらいいのよ」

香菱と明蘭ににっこりして言われ、珠月はぎこちなく微笑む。

純粋に感激している二人を偽（いつわ）っていることに、小さく胸が痛んだ。

康たちに見送られて、珠月は一人で部屋を出た。

薄衣の裾（すそ）を踏まないように気をつけながら、夕暮れの色に染まる外通路を進み、中庭に面した奥の間にある寝所の前で足を止める。

装飾的な朱塗りの格子戸の中に、かすかな人の気配を感じた。

「珠月でございます」

声をかけると、すぐに「入れ」という答えが返ってくる。

引き戸を開け、珠月は中に足を踏み入れた。

寝所の中は二間に分かれていて、奥の間には天蓋（てんがい）付きの豪華な牀榻（しんだい）が、手前の部屋には椅子と四人掛けの立派な卓が据えられている。

その椅子の一つに悠々と腰を下ろした紫冰が、酒の杯を手に珠月に目を向けた。卓の上には酒肴の他に、珠月のための茶と茶菓子も用意されている。

夜伽の装いで現れた珠月をまじまじと眺めて、紫冰は口の端を上げた。

「今夜のお前もまた格別に美しいな。どの国の後宮の美姫と並んでも引けはとらないだろう」

「お戯れを」と微笑み、珠月は勧められた彼の斜め向かいの椅子に腰を下ろす。

「この耳環、康さんから受け取りました」

珠月が耳環を差すと、紫冰は頷いた。

「ああ、今日、南方から訪れた商人が持ってきた品の中に、お前に似合いそうなものがあったから買ったんだ。やはり俺の目に間違いはなかったな」

自画自賛をするように、感嘆めいた口調で紫氷は言う。

「素晴らしい贈り物をありがとうございます。ですが、どうか私のために無駄遣いをなさらないでください」

珠月は本気でそう頼んだものの、「無駄遣いなどではないぞ。お前の働きへのまっとうな経費だ」と、紫氷はいっこうに応えない。

「私に下さっても、宝の持ち腐れになります」

「腐らせずに使え。美しいお前が着飾ったところを見るのは、俺の何よりの楽しみなのだから」

照れと呆れ交じりの気持ちで、珠月は頰に朱がのぼるのを感じる。

本来、臣下が皇帝と気安く話しをしていいわけはない。だが、他者の目のないところで皇帝扱いを続けると、紫氷はだんだん不機嫌になってしまう。だから、二人きりのときにはこれが普通だった。

彼の私的な居室に設えられた美しい花窓の向こうには、丹精された中庭が広がっている。

そこから、かすかに翔舞宮を囲む庭園を流れる川の水音が聞こえてくる。

「珠月、何か聴かせてくれるか」

気安い様子で紫氷が言う。こちらから訊ねようとしていたところだった珠月は、「もちろんです」と笑顔で応じる。

紫氷が夜伽の際に、まず演奏を頼むのには理由がある。

珠月は少々猫舌だ。

しかし、当然のことながら、毒見係としてそんな言い訳をするわけにはいかない。だから、無理にでも熱いものに口をつけて責務をこなしてきた。しかし一度だけ、あまりにも熱い汁物で舌を火傷してしまい、隠そうとしたけれど、目敏い紫冰にはすぐに気づかれてしまった。

それからというもの、毒見用の料理を取り分ける康からは、熱いものは必ず最後に渡される。おそらくは紫冰が命じたのだろう。

そして、食後の茶がほどよい温度になるまでの間、紫冰はこうして珠月に簫か琵琶、琴などを弾けとねだってくるようになったのだ。

（紫冰さまはお優しいから……）

たまに悪戯をしかけてからかってくるようなこともあるけれど、彼の本質は善だ。

珠月は主君である紫冰のそういったところを、とても好ましく思っている。

すでに用意されていた楽器から、今夜は簫を選ぶ。

正座すると、少し考えてから、珠月は簫を構える。

玲瓏な音色が、瀟洒な宮の中に涼やかに響き始める。

今日選んだのはゆったりとした曲調の古曲だ。彼が今求めているのは、おそらく癒やしだろうと察したからだ。

吹いていると、しばらくして、紫冰の腹の辺りがふわっと輝くのに気づく。

簫を吹く手を止めず、珠月は目だけをちらりとそちらに向ける。

すると、紫冰の腹から掌に乗るくらいの光る玉が出てきた。次々と四つ現れた玉は、卓の上にぽとぽとと落ちる。花の蕾が開くようにぷるっと手足を開いたのは、紫冰が使役している四匹の小竜たちだ。

彼らはそれぞれ、藍藍、紅紅、白白、冥冥と呼ばれている。白銀の鱗に覆われた体を持つ小竜たちは、一匹ずつが藍色、紅色、白色、黒色と、異なる瞳の色を持っているからだ。

小竜たちは簫や琴の美しい音色が何よりも大好きで、珠月が演奏を始めるとこうしてよく紫冰の体から勝手に飛び出してくる。

四匹は卓の上に並び、ゆらゆらと揺れながら音色を堪能しているようだ。音楽に合わせ、小さな耳と長い尻尾が気持ちよさそうに揺れているのがなんとも可愛らしい。吹き続けながら、珠月は思わず紫冰と目を合わせて微笑む。

熱心な聴衆のおかげで、吹く身にもいっそう熱が入った。

淡い色に光る玉を削り出して作られたこの美しい簫は、劉華国の重宝で、皇帝となったあと、紫冰が贈ってくれたものだ。吹けば魔を鎮める力があると言われているけれど、あいにく珠月には妖力がかけらもないため、そのような効果は出せない。

紫冰と、そして熱心に聴き入ってくれる小竜たちのために、心を込めて吹く。

目を閉じて演奏に集中しているうち、ふと頬にかすかな熱を感じた。

その熱は、珠月の頬から首筋を通って、鎖骨を辿り――まるで体のかたちを確かめでもするかのように撫でていく。

たまらなくなって目を開けると、卓に肘を突いている紫冰の視線とぶつかった。

（やっぱり……）

慌てて視線を伏せ、珠月はそのまま演奏を続ける。しかし、どんなに気にしないようにしようと努めても、熱い視線を感じる。まるで見えない手でそっと触れられているかのようで、心を掻き乱されてしまう。

——どうしてなのだろう。

いつも、演奏しているとき、紫冰に見られているところがこうしてほのかな熱を持つ。

もちろん、触れられてなどいない。それなのに、その不思議な熱は、簫を構える珠月の体を実際に触れる以上の生々しさで撫で下ろしていくのだ。

(あっ⁉)

触れられる感覚が、くるぶしまで下りたときだ。くすぐったさで息が震え、うっかり音程がずれてしまった。

あり得ない失態に自分を叱咤しながら、どうにか最後まで吹き終える。

ピャー！　と四匹の小竜たちは高い声で鳴き、褒め称えるように翼をぱたぱたさせる。

紫冰も拍手をしてくれたが、珠月は情けなさでいっぱいだった。

「未熟者で……お恥ずかしい限りです」

淫(みだ)らな感覚のせいで集中できなかったなどとは、言えるわけもない。

正座のまま拱手して恥じ入ると、「何を言う。今日も見事だったぞ」と紫冰は不思議そうな顔だ。

「お前の簫の腕前は、我が国でも一、二を争うものだ。いつも音程を外したことなどないのに、集中に欠けたのは、俺が無遠慮に凝視しすぎたからだろう」

「い、いいえ、決して紫冰さまのせいではありません」

彼の前で吹くことは慣れているはずなのに、視線を意識しすぎた自分を、珠月は深く反省した。

(……視線で触れてくるなんて、いくら紫冰さまであっても無理なはずだから……)

紫冰には、際立った妖力が備わっている。

劉家直系の末裔である彼は、手で印を結び、水神と通じる呪文を唱えれば、雨を呼び、時には雪を降らせと、自在に水の気を操ることができる。

更に紫冰は、一族から受け継いだ特異な力も持っている。

けれど、そんな彼にも、目で追うだけで触れる力があるなどとは聞いたことがない。

だから、勝手に緊張して音を外した失態は、珠月自身の咎だ。

しかし、紫冰はゆっくりと首を横に振った。

「いや、本当に俺のせいだ……つい見とれて、必要以上に見つめてしまっていた」

彼はそう言いながら、手を伸ばして珠月の髪に触れる。その髪を自らの口元に持っていくと、そっと口付けた。

「なにせ、花窓から差し込む夕暮れの光に照らされたお前があまりに美しかったものだから」

一瞬目を丸くしたあと、珠月はじわじわと顔が赤らむのを感じた。

「も……もったいないお言葉です」

微笑して礼を言おうとしたのに、真顔で甘い言葉を告げる紫冰に混乱して、平静を装えなくなる。とっさに拱手することで顔を隠した。

——黒くて艶やかな長い髪に、練り絹のような肌。髪と同じ色の潤みがちな瞳と、紅をさしたわけでもないのに赤い色をした唇。

成長するにつれて、珠月は『女であれば傾国の美妃だ』と、ため息を吐かれるようになった。

劉華国の男はがっしりとした体格の者が多いが、珠月はこの国の人間ではないせいか、二十四歳になった今も、彼らとは明らかに見た目が違う。

　肌の色は抜けるように白く、背は伸びても骨格からして違うのか、女のようにほっそりとしている。皇帝の側近官としての襦裙を着ていれば男だとすぐにわかるけれど、神廟に仕えて男女同じ白い襦裙を着ていた頃は、女と間違われたことも一度や二度ではなかった。

　この国では、容姿が美しいことは天帝から授かった美徳とされている。だから、男の身であっても顔立ちを褒められることは純粋な称賛だ。そのため、男女問わず、化粧を施したり、着飾り装ったりすることも普通であり、むしろ宮城においては礼儀の一つなのだった。

　だから珠月も誰かに褒められれば、人から好ましく思われる見た目を授かったことを単純にありがたいと感じる。

（でも……紫冰さまに褒められるのは、なんだか違う……）

　彼に美しいと言われると、珠月の中に、不思議とむず痒いような嬉しさが湧く。

　紫冰は帝位にありながら堅苦しい性格ではなく、珠月にもこうしてよく気軽に褒め言葉をくれる。それなのに、彼に仕えて十年経つ珠月のほうはといえば、いつまでもそんな彼の言葉にだけは慣れることができず、そのたびに狼狽えて顔が赤くなってしまうのが恥ずかしかった。

「茶もほどよく冷めた頃合いだろう」

　紫冰に勧められ、彼の向かい側に腰を下ろす。

　窓の外を覗いたり、簾にすりすりしたりと自由にうろつく小竜たちを眺めながら、茶を飲んだ。

　皇帝のために特別な茶園で栽培された茶は、香りも味も極上の一級品だ。

　毒見係の珠月は、彼より先に失礼して、目にも美しい菓子を口に含む。

（今日の餡も最高に美味しい……！）

皇帝付きの料理人が腕を振るった菓子はさすがの味わいだ。

実は珠月は甘いものに目がない。だから、紫冰の茶に同席し、こうして美味な茶菓子を食べられることは密かな至福の時間だった。

辛いもので痺れた舌が癒やされるような上品な甘みに、思わずうっとりする。

ふと気づくと、小さく口の端を上げた紫冰が楽しそうな目でこちらを眺めている。

珠月はハッとして、慌ててごくんと口の中のものを呑み込んだ。

急いで「問題ございません」と言って頭を下げる。

しかし、頷くだけで、紫冰は菓子には手をつけない。食後の茶菓子は必ず用意されるけれど、彼はいつも食べないことのほうが多いのだ。

「これも食べろ」と勧められて、珠月は慌てて断ったが、遠慮するなと皿を前に置かれる。

「とても美味しいので、紫冰さまも召し上がってください」

「お前が食べるのを見ているほうがいい」

卓に片方の肘を突いた彼はそう言って、すでに眺める体勢に入っている。

皇帝が食べなければ、結局、使用人たちの口に入るか処分されるだけだ。躊躇いつつも、珠月は「ではありがたく」と言って二つ目の菓子を堪能した。

いつの間にか集まってきた四竜たちが、欲しそうな顔をして卓のそばに並ぶ。紫冰に訊ねてから、小さく切った菓子をそれぞれの口に入れてやると、四竜たちは甘い菓子に飛び上がってぴょんぴょんと跳ねた。

苦笑した紫冰が「お前たちはそろそろ戻れ」と命じる。小竜たちは一気にしょんぼりして、名残(なごり)惜しそうに珠月の周りをくるりと飛ぶと、紫冰の中に吸い込まれていく。

珠月に一番懐いている紅紅がもじもじしてなかなか飛ばずにいるので、そっと頭を撫でてやる。尻尾をぴくぴくさせて喜んだ紅紅は、礼をするように珠月の頬に顔をすり寄せてから、名残惜しそうに紫冰の中に戻っていった。

菓子を食べ終わると、もう一曲演奏をと頼まれ、珠月は再び簫を構えた。

（……今度は集中しなきゃ）

皇帝たっての願いで演奏する栄誉を賜(たまわ)ったのだ。次こそ、音を外すことなく吹き終えなければならない。

目を閉じても伝わってくるような紫冰の眼差しを感じながら、珠月は気を引き締める。簫を唇に当て、先ほどより軽やかな曲を吹き始めた。

無事に最後まで吹き終わると、紫冰は珠月に過剰なほどの賛美の言葉をくれた。

彼の杯が空いていることに気づき、酌をしようと酒器に手を伸ばす。しかし、紫冰はそれを手振りで断り、自ら二つの杯に酒を注いだ。

「一杯付き合ってくれるか？　それに、腹も空いているだろう？　つまみにお前の好きな食べ物を用意させたから」

皿の上には、珠月が特に好きな餅(もち)で胡桃(くるみ)と餡をくるんだ包子(パオズ)に、まだ温かそうなふかふかの饅頭(まんとう)も載せられている。他にも美味しそうなものを載せた小皿があれこれとあり、珠月はつい頬が緩みそうになった。

先ほど毒見をしたし、茶にも付き合ったものの、満腹になるほど食べたわけではない。使用人は仕事の合間に交代で食事をとるが、紫冰からのお召しがあったので、今日は夕食もまだだ。

皇帝である紫冰は、使用人相手にどのような難題でも命じることができる。それなのに、夜伽を命じた珠月が空腹ではないかと気遣ってくれるところに、彼の優しさを感じた。

珠月は微笑むと杯を手に取った。

「……では、一杯だけお付き合いいたしますね」

珠月はあまり酒が得意ではない。嫌いというわけではないのだが、すぐに酔いが回って眠くなってしまう。だが、さすがに紫冰に勧められれば断るわけにはいかない。

勧められるがまま食べ物を腹に入れ、ぽつぽつと話をしながら、酒の相手をする。

二杯目を半分ほど飲んでしばらくした頃、雑談の返答が遅くなるのを感じた。

「珠月？　もう眠いか？」

珠月がぼんやりしていることに気づき、紫冰が顔を覗き込んでくる。

「い、いえ、だいじょうぶ、れす」

答えてみて、すっかり酔いが回り、すでに呂律（ろれつ）が回らなくなっていることに気づいて、恥ずかしくなった。

だが彼はからかうことはなく「少し飲ませすぎたか」と困ったように笑った。

酒豪の彼が好む酒は、口当たりは良いが強い。それなのに、紫冰は何本か酒器を空にしても顔色一つ変えない。彼の相手をするときは、なるべくつまみを腹に入れてから少しずつ飲むように気をつけていたものの、あまり効果はなかったようだ。

珠月はもはや椅子に座っているだけでもせいいっぱいだった。

瞼が重くて、目を開けていることすら難しい。

「そろそろ休むか」

「い、いえ……、まだ……おつきあい、を……」

まだお付き合いいたしますと言おうとしたが、苦笑する気配がして彼が立ち上がる。こちら側に回ってきた紫氷にそっと項を支えられて、口元に杯が触れた。

「水だ。少し飲んでおけ」と言われて、珠月は大人しく口を開け、一口、二口と飲む。

口元から零れた雫を硬い指先で拭われる。ぼんやりと目を開けると、濡れた指を紫氷がぺろりと舐めるところが見えた。

ばつが悪そうな顔で身を屈めてきた彼に、あらがう間もなく横抱きにされる。

「しひょう、さま……もうしわけ、ありません」

「気にするな。疲れているのに俺が呼んだんだ。もう今宵の仕事は終わりでいい」

譫言のように謝罪したが、そのまま牀榻に運ばれる。彼に支えられながら上着を脱がされ、今日もらったばかりの耳環を外されて、簪を髪から抜き取られた。体の大きな彼は、まるで子供の世話でもするかのように易々と、珠月を中衣姿にして牀榻に寝かせる。

寝所での皇帝の世話なら自分がすべきことなのに、逆に世話を焼かせてしまっている。

お召しを受ける者として失格だという罪悪感が湧くけれど、紫氷が半ば眠りそうな珠月を怒ることはない。

なぜなら珠月の夜の仕事は、侍女に身なりを整えてもらい、皇帝の酒の相手をし、寝所に入ってともに朝を迎えることだけなのだ。

昔から紫冰に仕えている康しか知らないことだが、珠月が夜伽をしているというのは偽りだ。

だから、紫冰の寝所で服をすべて脱いだことは一度もない。

それには、とある理由があった。

――皇太子だった紫冰が十四歳になった頃、閨の手ほどきを受けることが決まった。

帝位を継ぐ者としては当然で、皇太子としては少々遅いくらいの年齢だ。

遅れたのは彼が儀式を行うことに頷かなかったからだ。しかし、すでに父は亡く、翌年には即位することが決まっている身で、断り続けるのも限界がきた。渋々受け入れることとなった紫冰は、側仕えだった珠月にだけ、本音を吐露した。

『知らない相手と同衾したくない。閨でのことに興味も湧かない。他人に触れると、望んでいなくても心の中が視えてしまうことがあるから』――と。

劉家の男子である彼が受け継いだ特別な力は、『心眼』という。

それは、触れただけで人の記憶を探れるという類い稀な力で、劉家直系の者の中にも時折しか現れない。だから、彼の前で偽りを口にするのは無意味だ――なぜなら、紫冰は目の前にいる者の心の中を直接覗き、真実を知ることができるのだから。

心眼を持った者は、後ろ暗い事情を持つ者からは恐れられ、触れないようにと避けられる。

その代わりに、信頼できる者だけがそばに残り、心眼を持った皇帝の治世は代々大きく繁栄してきた。

しかし、その優れた能力が、当時は逆に紫冰を困らせていた。

まだ十代の彼は力を制御しきれず、他者に触れると、望んでいなくとも相手の心の中が視えてしまうというのだ。

『皆、言っていることと心の中で思っていることが違う。表向きは笑顔だけど、本当は欲得ずくで近づいてくる者たちばかりだ』と紫冰は、密かに珠月だけに打ち明けてくれた。

それでは、人間不信になっても当然だろう。

紫冰が表裏のない誠実な性格の康だけをそばに置き、その他の者には極力触れたがらないのも納得できた。

往々にして、体の成長が止まる頃には力も馴染むようだが、先は長く、紫冰は憂鬱（ゆううつ）そうだった。

閨の手ほどきを拒む理由は、もちろん生前の父にも伝えていたようだ。だが、心眼を授からなかった皇帝は、息子の訴えを甘えだと冷たく退けた。父の死後は、摂政である義兄や大臣からも候補者の中から好きな相手を選べとせっつかれて、余計に紫冰は落ち込んでいた。

（紫冰さま、お可哀想に……）

いつも明るく堂々としている紫冰が沈んでいるところを見ると不憫（ふびん）で、珠月もつらくなった。

なんとかして彼の役に立てないだろうかと悩み始めたとき、ふと珠月は気づいた。

自分には過去の記憶がない。覗かれて後ろ暗いところもないから、彼に記憶を視られることに嫌悪感もない。

そうして、あれこれと策を練った末に、珠月は覚悟を決め、紫冰に申し出たのだ。

『自分を閨の儀式の相手にしてもらえないか』――と。

もちろん、皇太子の手ほどきをするには経験が必要だ。珠月は紫冰とたった二歳差で、当時十六歳だった。当然性的なことはまるで未経験だったが、どうしても彼の力になりたくて、経験があると言い張った。

そのうえで珠月は、記憶のない自分なら、たとえ触れたとしても、覗ける過去は少ないであろうという利点を伝えた。

『もし、それでもお嫌なら、私となら無理に閨でのことをする必要はありません。もちろん、手ほどきをしていないことは、誰にも言わずにいますから』と訴えた。

紫氷は突拍子もない珠月の申し出に戸惑っていた様子だったが、結局、並み居る美しい妓女たちを選ばず、相手は珠月にすると決めてくれた。

紫氷は十五歳を迎えると同時に劉華国の帝位に即いた。

そして彼は、手ほどきのために同衾した最初の儀式の夜からずっと、珠月だけを寝所に呼び、抱いている振りをしているのだ。

——それは、康以外は誰も知らない、彼と珠月との秘密だ。

紫氷が天蓋の布を引くと、中が薄暗くなる。二、三人はゆったりと眠れる皇帝の牀榻は、小さな密室になった。

牀榻に乗り上げた紫氷が、珠月の襦裙の襟元と腰紐を緩めてくれる。体が楽になり、くったりと牀榻に身を預けた珠月は無意識に頬を緩める。

牀榻が小さく軋み、珠月の隣に大きな体が横たわる気配がある。

臣下の身で、彼より先に眠るわけにはいかないのに、深い酔いが指先まで回り、開けようにももう瞼が開かない。

どうにか薄く目を開けて「しひょう、さま」と回らない舌で呼ぶ。

「気にせずもう休め。俺もここで眠るから」

隣にいる彼が安心させるように囁く。半ば睡魔に搦(から)め捕(と)られた珠月は、彼がそう言ってくれるのなら大丈夫なのだと、体の力を抜いた。

大人になった彼は、心眼を自在に操れるようになった。だから、たとえ珠月に触れても、心を覗かないように制御できる。

そもそも、裏金を受け取ったり、仕事をさぼったりなどした覚えもない珠月は、彼に触れられることは少しも怖くはなかった。

しばらくの間、珠月の髪や頬を撫でていた彼が、牀榻の上に投げ出された珠月の手をそっと握った。温かくて大きな手は、珠月の手と深く指を絡めると、しばしの間、その感触を確かめるみたいに揉んだり撫でたりしてくる。

紫氷の手の熱は温かくて心地いい。珠月は力の抜けきった体でされるがままだ。

満足したのか、しっかりと手を繋(つな)がれる。

「……俺に触れられるのを嫌がらないのは、お前だけだ」

彼が何か言っている。

けれど、言葉の意味まではもう理解できない。

優しい熱と、安堵に包まれて、珠月は吸い込まれるように眠りの中へ落ちていった。

＊

十四年前。

劉華国に突然現れた珠月——当時の珠莉は、見知らぬ少年に助けられたあと、三日三晩起き上がれなかった。

怪我のせいか、高い熱を出して朦朧とする意識の中、あの少年との邂逅は夢だったのかと思いかけたが、現実はそうではなかった。

はっきりと目覚めたとき、珠莉は見覚えのない居室で布団に寝かされていた。

そばには看病してくれたらしき女性がいた。何か話しかけられたが、やはりまったく理解できない。何人かの人たちが入れ替わり立ち代わりやってきたものの、同じようにさっぱりわからない。何か言ってみたところで自分の言葉も通じず、意思は身振り手振りで伝えるしかなく、珠莉は途方に暮れた。

その後、若い男と中年の男がやってきて、珠莉の脈を取ったり熱を測ったりし始めた。どうやら中年の男のほうが医師で、若いほうは助手らしい。医師は器用に絵を描いて説明してくれる。

（額の右側と……それから、右足首に、怪我をしてるってことかな……？）

絵を見て珠莉が頷くと、医師も難しい顔のまま頷く。珠莉の額に手を当て、穏やかに過ごすようにと手振りで示される。まだ熱があり、安静にする必要があるようだと理解した。

診察の礼を伝えようと、珠莉は重い体を動かしてぎくしゃくと医師に頭を下げる。

そのときふと、あることに気づいた。

説明に使われた紙は習字用の半紙のようなもので、使ったのはペンではなく筆だ。

医師も助手も、最初に会ったあの少年とかたちは異なるものの、系統の近い着物を身に着けている。

ここは誰の家なのか、木造りの建物は立派だけれど、床の間のような場所で香が薫かれていたり、掛け軸がかかっていたりとやけに古風だ。

そして、やってくる者は、誰一人としてスマホを持っていない。そもそも、部屋には夜になると、行灯に火が灯され、テレビや電話どころか、電化製品が一つも存在していないのだ。

ようやく珠莉は確信を持った。

(――ここは、僕のいた世界とは、違う場所なのか……?)

違う国というだけでなく、文明が、時代が異なっている。

信じ難い状況に愕然とする。

しかも、言葉が通じないので、いったい何がどうなって自分はここにいるのか、自分はどうして怪我をしたのかなど、何も訊くことができない。どう訴えようとしても、言葉が通じないせいで皆困り顔になるばかりなのだ。

どこかに一人くらいは日本語が通じる者がいるのではと思いたかったが、足を怪我しているせいで探し回るだけの自由がまだなく、解決策を探ることもできない。

珠莉が歯痒さを感じていたところへ、引き戸が開いた。

やってきたのは、最初に会ったあの少年だった。

彼は、目覚めた珠莉のそばに来ると、満面に笑みを浮かべて何か言った。看病してくれた女性と目を見合わせ、二人は興奮した様子で何かを言い合う。

言葉はわからなくとも、彼は自分が目覚めたことをとても喜んでくれているのだけはわかった。

少年は、自分の胸をぽんと叩くと、「シヒョウ」とゆっくり言った。

それが彼の名前なのだとわかり、珠莉は小さな声でシヒョウ、と呟く。

シヒョウが顔を輝かせた。医師の男は「ショウサン」だ。珠莉は教えてもらった彼らの名前を頭に叩き込んだ。

シヒョウが医師のショウサンと何かを話す。間もなく、別の女性が膳を運んできて、シヒョウは珠莉に粥（かゆ）を食べるように勧めるしぐさをした。

しかし、どうにも体が痛い。空腹で今すぐに食べたいとも思うのに、匙（さじ）を持つ手がぎこちなく震えてしまう。

すると、それを見ていたシヒョウは、珠莉から匙を取る。器用な手つきで椀から粥を掬うと、珠莉の口元に差し出してきた。びっくりしたが、珠莉は反射的に口を開ける。

もぐもぐしてからごくんと呑み込むと、シヒョウはホッとした顔でにっこりした。

だが、なぜか周囲の者たちは愕然とした表情になり、運んできた女性が慌てた様子で彼に何かを申し出る。恭（うやうや）しい手つきで匙を受け取ると、彼女が続きを食べさせてくれた。

どうにか薄い粥を数口食べると、次に出された煎じ薬を大人しく飲み、水を飲ませてもらう。

脇で眺めていたシヒョウが、再び身を横たえた珠莉のそばに来た。

布団の上からぽんぽんと軽く珠莉の体を叩き、彼は何か言った。

言葉はわからなくとも、手を振ったり、握り拳（こぶし）を作ったりする彼の身振りと表情でわかった。

――彼はきっと、『また来るから、元気を出せ』と言っている。

珠莉は体の痛みを堪えて、必死で何度も頷いた。

薬は覿面に効き、翌日には珠莉の熱は下がった。

そうして目覚めて数日が経つと、布団に身を起こして自分の手で粥を食べたり、用意された杖を突けば、部屋の中を歩いたりするほどに回復した。

鏡を見ると、前頭部の左側の怪我は大きなたんこぶと切り傷だった。右の足首は、どこかにぶつけたのか、大きなあざがあってかなり腫れている。毎日、医師のショウサンか助手のどちらかがやってきて薬を塗り直し、包帯を巻いてくれるが、完治にはまだしばらくかかりそうだ。

少し落ち着いてみると、珠莉はどうして自分がこんな怪我を負ったのか、なぜ知らない場所で気を失っていたのかという以上に、驚愕の事実に気づいた。

――自分はこれまで、どこに住み、どんなふうに育ってきたのか。家族はいるのか、何人なのか、いるのなら名前は。

そういった、あって当然の自らに関する記憶が、なぜかまったく思い出せないのだ。

はっきり覚えていることといえば、『珠莉』という名前と、それから十歳という年齢だけだ。

その他には、元いたところが『日本』という国で、ここよりもずいぶん進化した世界だったことなど、断片的な記憶がわずかに残っている。

わけがわからずに珠莉は狼狽えた。

なぜ、こんなにも大切な記憶を何もかも覚えていないのか。

そもそも、自分はいったいなぜここに来てしまったのか――。

混乱する珠莉の元に、約束通り、シヒョウは毎日必ずやってきてくれた。

彼は何をするというわけでもなく、美味な茶菓子を持ってきて、茶を運ばせ、しばしの間そばにいて一緒にそれらを食べてくれる。元気づけるように珠莉の肩に触れたり、手を握ったりして何か一生懸命に話しかけてくれる。たまに、手を握ったまま不思議そうな顔をすることがあったが、それはすぐに消えて、いつもの笑顔になる。

言葉は通じないまでも、知らない者ばかりの場所で、自分を案じてくれている彼の気持ちが心強くて、早く怪我を治したいという気持ちが湧いた。

珠莉が彼に、唯一はっきりと覚えている自分の名前を伝えると、紫冰は目を瞬かせた。

シヒョウはそれから少し経ったある日から、珠莉を『シュゲツ』と呼ぶようになった。

言葉を覚えるうちに、どうやら元の名前の字を一つ残し、この国風の名前をつけてくれたらしいとわかった。

のちにわかったことだが『珠莉』という名前は劉華国では珍しい名だ。

容貌もこの地の者たちとは異なる珠莉が、名前までもが珍妙なものでは余計に悪目立ちすると思ったのか、シヒョウがこの地に馴染めるような名前をつけてくれたようだ。記憶がないので特に元の名前にも思い入れはない。珠莉——珠月(シュゲツ)は、彼がつけてくれた新しい呼び名をすんなりと受け入れた。

珠月と同じくらいの年に見えたシヒョウは、幼いながら、すでに周囲の者に命じることに慣れているようだった。

その頃には、どうも彼はただの子供ではなく、医師や他の使用人たちが敬うような立場にあるらしいということがわかり始めた。

ともかく一刻も早く怪我を治したい。そして、どうにかこの世界の言葉を学んで、少しでも話せるようになりたい、と珠月は切実に思った。

幸い、この地の言葉は、元いた世界と異なっているものの、漢字を使うという共通点があった。読み方は違うものが多かったが、意味は共通であることが半分くらいで、書かれた文字は大まかになら読んで意図を摑むことができそうだと気づいた。

——言葉さえ覚えれば、ここに来た理由や、元の世界への帰り方などがわかるかもしれない。

一縷の希望を抱き、怪我を癒やしながら珠月が言葉の勉強を始めた頃だ。

ある日、与えられた部屋で休んでいたときに、予想もしなかったことが起きた。

荒々しく引き戸が開けられ、数人の男たちがずかずかと入ってきた。剣を腰に帯びた彼らは、剣呑な口調で何かを言い放つ。珠月の両腕を無造作に摑むと、部屋から無理に連れ出した。

引きずるように寝泊まりしていた建物の外に連れていかれた珠月は、ほとんど投げ捨てるみたいに砂利敷きの庭で手を離された。

そこには、古代の軍人のような古めかしい装具を身に着けた強面の男たちがずらりと並んでいる。彼らに取り囲まれて、体から血の気が引いた。

一人だけ足を進めて近づいてきたのは、怜悧な容貌をした男だ。髪を高い位置で纏め、挿した金色の簪と若草色の着物も高価そうに見える。おそらくは身分が高いのだろう、彼は他の男たちとは明らかにいでたちが異なっている。

(な、なに……?)

眉を顰めた男は、珠月に向かい、厳しい口調で何かを問い質しているようだ。だが、その何かがわからず、珠月は狼狽えて必死に首を横に振った。

物音がしてとっさに目を向けると、巫女の一人が慌てた様子で建物の外通路に出てくるところだった。目が合うと、彼女は男たちに取り囲まれて膝を突いた珠月に気づき、悲痛な声で叫んだ。

彼女は珠月の目の前に立つ男に何かを訴えている。ひとしきり叫ぶと、力尽きたようにへなへなとその場にしゃがみ込む。

珠月が心配していると、使用人が出てきて、彼女のもとに駆け寄るのが見えた。

巫女が連れていかれると、目の前の男は再び珠月に視線を戻す。

『さっさとやってくれ。後始末も任せる』

彼は屈強な体格をした男に何かを命じると、手で首を払うようなしぐさをした。

(まさか……)

ぞっとした珠月は反射的にもがこうとしたが、無駄だった。

男の一人が珠月の背後に回り、素早く肩を掴む。まだ怪我が治りきっておらず、力も弱い珠月は、更に身動きできないよう二人がかりでしっかりと押さえ込まれる。

男が、腰に帯びた剣を鞘から抜く。

そんな、と驚愕して珠月は身を強張らせた。

こんなところで、わけがわからないまま死にたくない。

近づいてくる抜き身の剣を手にした男に怯えているうち、ふいに辺りがフッと暗くなった。空が曇ったかと思うと、ゴロゴロと雷が聞こえてきて、そばまで来た男が天を仰いで顔を顰めた。

落雷など恐れることもなさそうな男たちが、なぜか狼狽え始める。

次第に地響きのような音は大きくなっていく。

唐突に、ものすごい爆音とともに、庭園の木に雷が落ちた。

『そこで何をしている‼』

燃え上がる木に人々が動揺する中、どこからか鋭い声が聞こえた。

その場にいた者がすべて、声のした方向を見上げる。

珠月もぎくしゃくと目を向けると、翼の生えた白銀の竜のような大きな生き物が、空から珠月のすぐそばに素早く舞い降りた――その背から飛び降りたのは、憤りを堪えるような顔をしたシヒョウだ。

彼が厳しい声で何か言うと、男たちが全員慌ててその場にひれ伏す。

男たちの主人らしき若草色の着物の男までもが苦い顔で膝を突くのを、珠月は呆然と見つめていた。


助けてくれたシヒョウが、当時の皇帝がもうけたたった一人の男子で、皇太子位にある劉紫冰だと珠月が知ったのは、それから少しあとになってからのことだ。

珠月が危ないと知らされた紫冰は、すぐさま自身の騎獣である翼竜に乗って、珠月の身柄を預けていた神廟の庭園に駆けつけた。

『この者を殺していいと誰が言った！』と、珍しく彼は激昂し、一回り以上も年上で、普段は一定の敬意を払っていた義兄の梁岐を青褪めさせた。

珠月の処刑を決行しようとしたのは、紫冰の姉の夫、つまり義兄である梁岐だった。彼は当時、公主である妻とともに幼い義弟を支える立場にあった。

そんな彼に、珠月が突然始末されそうになったのにはわけがあった。

歴史を繙くと、古くから劉華国には、時折異世界人が現れることがあったそうだ。しかし、その記録はまちまちで、稀に大いなる幸福を運んでくるいっぽうで、多くは疫病や災害をもたらしたという相反する記述が残されていた。

結果、後世には『異世界人には気をつけよ』という占い師による託宣だけが語り継がれた。

そのため、珠月は何もしていなくとも、現れただけで人々から忌避され、恐れられていたのだ。

――そして、珠月が劉華国に現れた日。

それは、近年病に伏していた前皇帝が危篤に陥り、命を落とした日だった。

天子と呼ばれる皇帝の死と同じ日に、突如としてどこからともなく現れた異世界人が、珠月だったのだ。

強い妖力を持つ劉家一族の力によって統治されてきたこの国には、後宮が存在しない。皇妃は紫冰を産んだあとで亡くなっている。そして、皇帝の子は皇妃が産んだ四人の子供たちのみ。中でも、上の三人は女子で、末っ子で唯一の男子であるまだ子供の紫冰が皇太子だ。

そのため、皇帝の死により、国も宮廷内も一時的な混乱に陥った。

そんな中、『皇帝が亡くなったのは、異世界人が凶兆を運んできたせいなのではないか』という声が上がり始めたのは、無理もないことだったのだろう。

自分は決して前皇帝に危害など加えていない。けれど、記憶を失っている珠月には、自分がどこから来た何者なのかを証明するすべがない。

――つまり、自分がこの地に現れたことは、日にちも状況も、あらゆる意味で最悪の巡り合わせだったのだ。

当時八歳だった紫冰が帝位に即ける十五歳になるまでの間、紫冰の母親代わりである年の離れた長

女、琳玉(リンギョク)とその夫の梁岐が摂政となることが決まっていた。

巫女として神に仕える琳玉に代わり、主に政務を担うのは夫の梁岐の役目だ。

しかし、中流の家柄出身の梁岐は、公主の婿(むこ)になる相手としては珍しく、妖力をほとんど持たない男だった。そのせいで騎獣には乗れず、普通の馬か小舟を使って移動していて、普段から大臣や高級官吏たちから舐められがちだった。だからか、宮廷と民を落ち着かせるためにも、異分子は即刻処分すべきだと強く周囲から言われれば、唯々諾々(いいだくだく)と呑み込むしかなかったようだ。

そして神廟に部下たちを引き連れて乗り込んできた梁岐は、まだ怪我も癒えていない珠月を庭に引きずり出し、処刑させようとした。

皇帝代理である摂政位に就いた梁岐の命令を退けられる者は、ただ一人。

劉華国帝家の直系の血を引く皇太子であり、次期帝位に即くことが決まっている紫冰しかいない。

――そうして、珠月は二度、紫冰に命を救われた。

一度目は、この地に現れたとき。

そして、二度目は忌(い)むべき存在として処刑されかけたときだ。

あとで知ったことだが、紫冰は珠月が処刑されかけた事件のあと、『珠月は皇太子が保護した者であり、手出しは厳禁とする』と公に宣言した。

それは〝彼に故意に怪我をさせた者は、皇太子の怒りを覚悟せよ〟という明確な脅しだった。

そのおかげでか、それ以降、珠月が危害を加えられるようなことはなくなった。

異世界人として避けられたり、早口を理解できず、嫌味を言われたりする程度のことはあれど、今に至るまで肉体的に傷がついたり怪我をしたりするような苛(いじ)めを受けたことは一度もない。

珠月の怪我が癒えると、紫冰は皓燕（コウエン）という名の神廟に奉仕する知識が豊富な祭司に珠月を預け、まずはこの地の言葉を学ばせてくれた。

劉家の遠縁であるという皓燕は特殊な占術の使い手で、前皇帝の代から重用されてきたらしい。

そんな彼の下で、珠月は一年ほどかけてどうにか劉華国の言葉を覚えた。宮城でのしきたりや詳しい階級、皇帝一族の歴史や細かい礼儀作法なども、嫌というほど叩き込まれた。

その間も、紫冰は差し入れを手に定期的に会いに来て、珠月と少しずつ話ができるようになることを誰より喜んでくれた。

四年ほどの間、珠月の身は神廟預かりとされた。その間に神廟で必死に働き、皓燕の下で様々なことを学びながら、掃除や雑用をこなした。どこに出しても恥ずかしくないとお墨付きを得て、珠月が紫冰の宮で働くようになったのは、十四歳のときだ。

最初は一介の使用人として、しばらくして紫冰の側仕えとなり、最終的に側近官にまで引き上げられた。

そうして翔舞宮で働き始めてもう十年、皇太子から皇帝となった紫冰のそばで、ずっと仕えている。

珠月は彼に深い恩義を感じている。

記憶もなく、自分が誰かもわからないという寄る辺ない身の上の自分が、この劉華国でどうにか飢（う）えずに暮らしてこられたのは紫冰のおかげだ。

彼のためなら命も惜しくはない。むしろ、紫冰の役に立てるのならどんなことでもしようと決意しているくらいに、珠月は主君に深い忠誠を捧げているのだった。

＊

今日は朝から翔舞宮の侍女たちが浮き立って、やけに落ち着かない。

間もなく宮城では宴が催される。紫氷の長姉である公主、琳玉の誕生日祝いの宴だ。

彼女は昔、体を壊して長く床についた時期もあったが、今ではすっかり回復している。

すでに両親を亡くしている紫氷は、姉たちを親代わりとして大切にしていて、それぞれの誕生日には毎年宮城の宴の間に人々を招いて祝っているのだ。

午後になり、舞い手たちの支度の手伝いで駆り出されていた香菱が、翔舞宮に戻ってきた。

「康さん、今日の宴の人手が少々足りないようですので、この宮の侍女を何人か手伝いに行かせても構いませんでしょうか」

「ああ、行くといい。今日は陛下のお戻りも遅いだろうし、ここの人手は少なくても問題ない。よくお務めしてきなさい」

康は香菱の話を快く了承すると、侍女たちはワッと湧き立った。

「手伝いには私が参ります！」

「待ってよ、あたしだって行きたいわ！」

若い侍女たちは誰が行くかで争いかけ、香菱が「ちょっとあなたたち、落ち着きなさい」と呆れ顔でそれを諌める。

最終的に、立候補した者の中から、香菱が明蘭を含めた三人の侍女を選び出した。宴での注意点を言い聞かされ、身支度をした侍女たちは誇らしげに宮をあとにする。

若い侍女たちにとって、たまにしか来客がなく、毎日ほとんど代わり映えのしないこの宮の仕事は退屈なのかもしれない。

「皆、宴の仕事に行きたいのですね」

残った侍女たちがあからさまにがっかりしているのを見て、珠月は可哀想になった。

珠月の言葉に、香菱が微笑む。

「琳玉さまは贅沢を好まないお方ですが、いつも祝い事の際には使用人たちにまで行き届くようたくさんのお菓子を用意してくださるから。その話が伝わってくるので、皆、目当てにしているのかもしれないわ」

琳玉のさすがの気配りに、珠月は感嘆する。

「あとは、やはり年頃の娘たちですから」

香菱の言葉に、珠月は首を傾げた。

「今日は公主さまに関わる官吏や軍人たちなども多く招かれているでしょう？　宮城に勤める宮女たちに比べると、やはりこの宮では出会いが少ないので」

「ああ……そういう場でもあるんですか」

（そういえば明蘭が、宮女の友達が最近結婚したと羨ましそうに言っていたっけ……）

侍女たちの中には、宮城で何年か働いたあと実家に帰れる者もいる。だが、戻る家がない者や、戻っても歓迎されない者もいるのだ。そうなると、確かに宮城内に出入りする者の中から、できるだけ良い相手を見つけて嫁ぎたいと思うのは当然だろう。

同じように帰る家のない珠月は、必死な侍女たちの気持ちを思うとやるせない気持ちになった。

しかし、力になってやりたくても、異世界人の珠月には、侍女たちに紹介できるようなほどよい身分の知り合いがいない。知っている者といえば、紫冰の友人や部下など、侍女と引き合わせるには少々身分が高すぎる男たちだ。だが、彼らの家臣なら侍女を伴侶にと望む者もいるかもしれない。

今度皆と面談をして、希望の者がいるようなら誰かに縁結びを頼んでおこうかと言うと、香菱は「それはきっと皆喜ぶと思うわ」と頬をほころばせた。

「でも、うちの宮の侍女は皆器量よしだから、宮城で人目に触れれば、すぐにでも嫁ぎ先が決まってしまうかも」

珠月が言うと、香菱はなぜか小さくため息を吐いた。

「喜ばしいことですが……そうしたらまた、新しい侍女に一から礼儀作法を仕込まねばね」

新人侍女の教育係も担当している彼女が漏らした言葉に、珠月は同情する。

侍女を纏める身としては、できれば最低四、五年は働いてもらいたいのが本音だ。しかし、一緒の宮で働く仲間には幸せになってもらいたいとも思う。せめても、新しい侍女が来たときは、なんでも手伝うからと言葉をかけた。

それから珠月は明蘭たちの仕事を他の者に振り分け、手が足りないところに入って手伝った。皇帝が使う居室を丁寧に整えながら、ふと宴のことを考えた。

王都に住む若い娘の憧れの働き口は、やはり宮城内で仕える侍女だ。

だんだんと人数が膨れ上がり、今ではかなりの人数が勤めている。

そんな中でなぜ人手が足りないのかといえば、紫冰が前皇帝の代までは過剰なほど多かった侍女たちの数を、一部減らすための施策を始めたからだろう。

とはいえ、娘の働き先は限られているため、宮城で雇う人数を急に絞れば、行き場のない者が王都に溢れてしまう。そこで紫冰は、昨年から国庫の負担で、城内で働く侍女や下女たちが無料で学べる学問所を城内に造らせた。

貴族の家の娘は、そもそも老師に学んで知識があるから歓迎される。だから、働く場所はいくらでも見つかるものだが、小さな商家や農家の子供はそうもいかない。

最低限の読み書きや計算ができれば、使用人としても重宝される。更に知識をつければ、嫁ぎ先もよりいいところに行ける。今後、宮城での働き口が減ってもやっていけるようになると、学問所は人気を博しているようだ。

そんなこんなで、まだ侍女たちの数は減らしていないはずだが、太っ腹なことに、学問所で学ぶ時間も勤務時間のうちに換算される。結果として、今日の宴の席で働く侍女たちの手が足りなくなり、明蘭たちが招集されたというわけなのだろう。

最初、紫冰から学問所の計画を聞いたとき、より有効な税金の使い道だと珠月は大賛成だった。学を授けると侍女たちが大きな顔をすると渋る高級官吏もいたようだが、若手の官吏は皆賛成したらしい。

紫冰の代になり、昔から弱った前皇帝や頼りない摂政を支える顔をし、国庫を荒らしてのさばっていた大臣たちが一人また一人と排除された。それから、少しずつ宮城内も変化していっていると聞く。

異世界人を忌避する予言に惑わされずにいてくれた紫冰のおかげで、珠月もこうして何不自由なく暮らせている。

彼の下でなら、もし新たな異世界人がやってきても、無闇に処刑されることなく受け入れてもらえるだろう。

（紫氷さまは、何年も先のことを考えておられるから……）

戻る家のない侍女たちと同じように、寄る辺ない身の上の珠月は、紫氷の治世に大いなる希望を抱いているのだった。


日が傾きかけた頃、宮城から見慣れない使いの者がやってきた。

「こちらは天蔚（テンイ）さまからです」と言われて書状を渡され、珠月は眉を顰める。

「天蔚さまから？」

芳（ホウ）天蔚は何人かいる紫氷の側近官のうちの一人だ。

芳家は高位の貴族の家柄で、天蔚は政務の最側近として紫氷のそば近く仕えている。

手紙を開いて、珠月の眉根は更に寄った。

『簫を持って、急ぎ宮城の宴の間に来るように』

（……簫を持って……ということは、祝いの場で吹け、ということだろうか……）

不可解な命令だと、疑問に思った。

天蔚が呼んだのなら、おそらくは紫氷の命令だと考えるべきだろう。だが、紫氷は珠月を多くの人の前に晒（さら）すことを好まない。だから、珠月はたとえ招待を受けても丁寧に断り、どのような宴にも、これまでは一度も参列したことはなかった。

悩んだが、命じられれば、使用人の身で行く行かないを決められるものではない。

珠月は康に声をかけると、早急に身なりを整える。籠を手に、待っていた使者が乗ってきた小舟に同乗して、宮城に向かった。


宮城の裏門に小舟が着くと、珠月は使者について荘厳な造りの宮城に入った。

各所には装飾的な脚の台座が据えられ、篝火(かがりび)が明々(あかあか)と燃えている。

宴が始まってすでに数時間が経っているため、招かれた人々は談笑し、振る舞われた酒や御馳走を存分に楽しんでいるようだ。

豪奢な建物の一角にある宴の間は、朱塗りの柱に模様彫りが施された広間だ。

客の席を挟んだ上座の真正面には広い露台(ろだい)を備え、そこでは美しく着飾った数人の舞い手たちが琴の音に合わせて舞を披露している。限られた者だけを招いたとはいえ、さすがに公主の誕生祝いだと珠月は目を奪われた。

(天蔚さまはどこだろう……)

玉座には紫冰の姿がある。すぐそばにある上座の椅子には、今日の主役である琳玉と、それから夫である梁岐が座っている。更に近くの椅子に紫冰の下の姉たちもいるのが見えた。

紫冰には三人の姉がいる。長女が琳玉で、今日の宴にはその下の二人の姉、黛玉(タイギョク)と宝玉(ホウギョク)も参列している。三人の姉は皆系統の異なる美貌を持ち、すでに全員が降嫁している。

琳玉にはまだ子はいないが、下の二人の姉はそれぞれが三人ずつ子を授かっている。この場には、黛玉の長男でもうじき十歳になる現皇太子の姿だけがあるようだ。あとの子供たちはまだ幼いので、早めに下がったのかもしれない。

祝いの言葉を告げるため、人々が上座の辺りに列をなしている。紫冰は訪れた来客と話していて、珠月には気づかないようだ。

何はともあれ、今は天蔚を捜さねばならないと、珠月は広間の中をそっと見回した。

「今、天蔚さまに到着したとお伝えしてきます。あなたはこちらで待っているように」

「あ、あの」

そう言って、呼び止める間もなく、使者は人々の間に消えてしまう。広間で一人になり、珠月は内心で動揺を感じた。

「おい……あれ、まさか、陛下の……？」

「ああ、異世界人の愛妾（あいしょう）か」

「なぜ、琳玉さまの宴の場に？」

こちらを見て、貴族らしき男たち数人がひそひそと何かを言い合っている。自分が人前に出ればいい反応をされないことなど百も承知のうえだが、いたたまれなさが消えるわけではない。

心許ない気持ちで布袋に包んだ簫を胸に抱き、珠月はなるべく人目につかないように広間の柱の陰に控えて、使者が戻るのを待った。

「珠月？」

ふいに声をかけられて、顔を上げる。

「――雷淵（ライエン）さま」

顔見知りに会って思わずホッとする。珠月は笑顔で拱手した。

「一か月振りか。変わりはないか?」

口の端を上げて親しげに言う軍服の男は、劉華国禁軍の将軍位にある王雷淵だ。

「はい、息災にしております」

雷淵は貴族である王家の跡継ぎで、紫冰の幼馴染みかつ親しい友人でもある。定期的に翔舞宮に顔を出すので、珠月とも顔見知りだ。

黒髪を項のところできっちりと一つに結んだ彼は、鍛え上げた強靭な筋肉に強面で、一見すると畏怖を誘うような外見をしている。

「お前が宴に来るなんて珍しいな。皇帝陛下のご指示か?」

「いいえ、実は天蔚さまに呼ばれて、先ほど着いたところなのです」

「天蔚が?」と雷淵は顎に手を当てて首を傾げた。彼のほうは公主の祝いの場に招かれて当然の立場だから、この場にいることに疑問はない。おそらくは劉家の人々の警護も兼ねて、広間に目を配っているのだろう。

翔舞宮に来た使者にここで待っているように言われたと伝えると、雷淵はぐるりと広間を見回した。

「天蔚は見当たらないな。どこに行ったんだか」

小さくため息を吐いて、彼が珠月を促す。

「ともかく、まずは陛下と公主さまに挨拶をしておいたほうがいい。俺も一緒に行こう」

珠月は戻ってくるはずの使者のことを気にかけながらも、雷淵の言う通り上座のほうへと足を進める。

すると、まだそれほど進まないうちに、ふとこちらを見た紫冰と目が合ってしまった。

今日は姉の祝い事のため、濃紺に黒い刺繍と金色の縁取りをした襦裙を纏った紫冰は、堂々たる威容だ。

金の簪が映える正装姿で、微笑を浮かべていた彼は、珠月の顔を見て目を瞠（みは）る。

更に、隣に雷淵の姿を捉えると、彼はみるみるうちに秀麗な眉根を顰めた。

紫冰が軽く手で合図をすると、屏風の後ろからさっと天蔚が出てきて、玉座のそばに近づく。

（あんなところにいたのか……）

道理で見つけられないはずだ。珠月が納得していると、紫冰が彼に何か耳打ちする。頷いた天蔚は珠月たちに目を向け、速やかにこちらへとやってきた。

天蔚は切れ上がった眦（まなじり）が冷ややかな雰囲気を醸（かも）し出す、紫冰より十歳ほど年上の男だ。仕事が抜群にできると聞くが、同時に、側近官の中でも特に几帳面（きちょうめん）で、礼儀にも厳しいことで知られている。

珠月はこれまで、彼が笑ったところを一度も見たことがなかった。

「――珠月、なぜここに？」

「えっ⁉」

そばまで来た天蔚から訝（いぶか）しげに問い質されて、珠月は仰天した。

「な、なぜと言われましても……天蔚さまのご指示なのでは？」

「あなたに宮城に来いと？　私がそのような指示を出すはずがありません」

呆れたような天蔚の言い分を聞き、「では、珠月を連れてきた使者は、誰に頼まれたんだ？」と、雷淵も怪訝（けげん）そうな表情だ。

わけがわからないまま、珠月が先ほど翔舞宮に使者がやってきた経緯を詳しく話すと、天蔚は一気に苦い顔になった。

「やあやあ、天蔚どの！　そちらが珠月どのか？」

やけに明るい声を張り上げて、髭を蓄えた中年の男が近づいてきた。

背後には、着飾った可愛らしい少女と侍従の男、そして、何か大きなものを抱えた美しい侍女たちを連れている。

「――趙さま。雪玲どの」

天蔚が彼らに形ばかりの拱手をする。

「まさかとは思いますが、私の名を使ったのは、あなたなのですか？」

「ええ！　天蔚どのにお頼みしてあった合奏の件、いっこうに埒が明かないようですのでな。ともかく、珠月どのにこの場に来てもらったほうが話は早いかと」

趙というらしい男は満面に笑みを浮かべているが、珠月にはさっぱり話がわからない。

「そのお話はきちんとお断りしたはずです。それなのに、まさか人の名を騙って、皇帝付きの側近官をわざわざ呼び出すとは……」

じろりと趙を睨みつける天蔚のこめかみが、怒りでか引きつっている。

つまり、珠月を呼び出したのは、天蔚ではなくこの男だったらしい。

（……天蔚さまの名を勝手に使うとは、なんて命知らずな……）

天蔚の怒りを感じて、珠月は内心で震え上がった。

「まあまあ、そう怖い顔をなさらずに」

怖いもの知らずなのか、少しも怯むことなくにやにやしながら、趙は珠月に視線を向けた。

「こちらが珠月どのか！　ずっと昔、神廟でお見かけしたことがあります。あの頃はまだ少年でしたが、なんとまあお美しく成長されたことか。これは、嫦娥と見紛うばかりの美貌ですな」

扇を開いた趙は、珠月をまじまじと眺め、月に住む仙女に譬える。珠月が答える前に、侍従らしき男に笑いかけた。

「これでは、まだお若い皇帝陛下が骨抜きになるのも納得だ。なあ、お前も宮城や街であれこれと噂を聞いたことがあるだろう？」

「ええ、異国から来た者が、どんな呪法を使ったのか皇帝の心を摑み取り、閨で籠絡しているおかげで、我が国の皇帝は正妃を迎えるのを拒み、いつまでも跡継ぎをもうけないとか」

話を振られた地味な顔立ちをした趙の侍従の男が、まことしやかな口調で答える。

唇を嚙みたい気持ちになったが、ぐっと堪える。珠月は努めて平静を装った。

（……下卑た揶揄をされることくらい、覚悟のうえだ……）

適齢期の息女を持つ趙のような貴族にとって、珠月はさぞかし忌ま忌ましくて邪魔な存在だろう。

後ろ盾一つない異世界人が、今をときめく若き劉華国皇帝のそば近くに侍ることを許されている。

それだけならともかく、彼の閨に入るのも、最初の夜から今に至るまで、ただ一人だけ。

心眼を持つせいで、紫冰は今も極力他者に触れたがらない。そんな彼が、他の愛妾を迎えることや結婚を拒む理由として、珠月だけを熱烈に寵愛しているふうを装っている状態なのだから。

しかも、最初に紫冰の褥に侍ったとき、珠月はまだ十六歳だった。

本来であれば、閨の手ほどきには、もっと年上の侍女や、技巧に長けた妓女などを選ぶものだ。

つまり、珠月がその年で皇太子の手ほどきを任されたということは、若くしてすでにそちら方面の経験が豊富であるというのも同然だった。

そのせいで、珠月は娘を皇帝の妃にしたい貴族たちから、遊んでいる、淫乱であると、二重の意味で奇異や蔑(さげす)みの目で見られている。

それも仕方ない。皇帝のお召しを受け続けている珠月が、まさか、いまだ接吻すらも未経験な身であるとは誰も思わないだろうから。

趙たちのあざけりなど受け流すつもりでいたが、ずいと一歩前に出たのは、そばにいた雷淵だった。

「趙どの。それは、珠月のみならず、劉華国皇帝に対しての侮辱(ぶじょく)と捉えるが、よろしいか」

落ち着いた声音で問い質す彼の目は、静かな憤りに燃えている。ごつごつとした大きな手は、腰に帯びた剣の柄にかかっている。彼は正義感が強く心優しい男なので、趙たちの揶揄を許してはおけなかったのだろう。

珠月どころか天蔚までもどこか見下げるような態度だった趙は、禁軍を率いる巨軀の将軍である雷淵の問いかけには竦み上がった。

「やっ、王将軍、そのようなつもりはまったくございませぬ！」

慌てた様子で言うと、趙は背後に控えていた薄桃色の襦裙を纏った少女の背を押す。

「こちらは我が娘の雪玲でございます。私はただ、簫が巧みだという噂の珠月どのに雪玲と合奏してもらい、公主さまにお祝いを捧げたいと思っただけなのですよ」

「――まあ、わたくしにお祝いを？」

ふいにかけられた声に、その場の皆がハッとした。

声の主は、いつの間にか上座の椅子から下りて、珠月たちのそばまで来ていた。

彼女は本日の宴の主役である劉華国公主、琳玉だ。

淡い枇杷色(びわいろ)の襦裙を着た琳玉は豊かな髪を結い上げ、金色の髪飾りと耳環を着けている。美しい顔に柔和な笑みを浮かべて立っている様は、まるで天女のようだ。その面立ちは弟の紫冰とよく似ているが、雰囲気がまるで違う。

劉家の妖力は男子にしか受け継がれないため、公主たちには特別な力はない。その代わりに琳玉は巫女となり、神廟で舞を捧げることで、劉華国を守護する水神に奉仕してきた。

彼女の斜め後ろに立つ夫の梁岐が軽く手を振ると、広間に響いていた演奏がぴたりとやんだ。

露台の舞い手たちが舞うのをやめてその場に膝を突く。周囲の人々の視線がこちらに集まるのを感じて、珠月は内心で冷汗をかいた。

「嬉しいわ。今宵は雪玲の演奏が聴けるのね」

琳玉に優しく微笑みかけられ、雪玲が頬を染める。

玉座の紫冰に目を向けると、彼は無言のまま難しい顔をしているのが見えた。

明らかに、彼は珠月をここに来させたくなかったのだ。

趙の狙いは明白だ。琴が得意な娘と珠月を合奏させ、皇帝のお気に入りよりも自分の娘のほうがより皇妃に相応しいと、公の場で周囲の者に知らしめたいのだろう。

しかも、名を使われた無礼に激怒していても、天蔚はこの場から趙を追い出せないでいる。その様子を見るに、趙は天蔚でも無下にできないほどの相手らしい。身分が高いか、豪商か、もしくは劉家と繋がりがあるのか。

紫冰の苛立(いらだ)ちを感じて、針のむしろ状態の珠月とは裏腹に、趙はがぜん張り切った様子だ。

「公主さま、ありがたいお言葉、いたみ入ります。我が娘は祝いの夜を彩る素晴らしい演奏をするでしょう！　さ、雪玲」

趙が促すと、雪玲たちは急ぎ足で露台に向かう。それを見て、天蔚は舌打ちしたげな顔だ。

ふいに琳玉が珠月に目を向けた。

「ねえ、珠月も何か聴かせてくれるのでしょう？　簫もいいけれど、もしよければ、今夜は一人ずつ、琴を演奏してもらえないかしら」

唐突に話を振られてぎくりとする。おそるおそる見ると、琳玉は微笑んでいる。弾き比べとなると、腕前の差が歴然とする。彼女の意図を悟り、珠月は眩暈(めまい)がした。

「も、もちろんです。しかし、おそれながら今は簫しか持参しておりませんで」

珠月が困惑していると、意気揚々として趙が口を挟んだ。

「では我が娘の琴をお貸ししましょう！」

すると、広間の中にいる客たちから拍手と、それから珠月を揶揄するような声が聞こえてきた。

「雪玲は熟練の老師について二歳の頃から弾いているんだぞ？」

「まさか本気で趙の娘と張り合うつもりか」

「可哀想に……勝てるわけがない」

聞こえよがしの囁きに、珠月は手を握り締める。この場には敵だらけだということを改めて突きつけられた。

ふいに雷淵がこちらを見る。『何か必要ならば、手助けをするぞ』というような目だ。

天蔚もまた、問いかけるような目をして珠月を見ている。

迷いの中、珠月はおずおずと紫冰に目を向けた。美貌を顰めた彼の目は、誰でもなく珠月だけをまっすぐに射貫いている。

――逃げるわけにはいかない。

紫冰の顔を潰さない方法は、ただ一つ。

この場で琴を弾く以外にない。

雷淵と天蔚に、大丈夫だというように小さく頷いてみせてから、珠月は笑みを作る。

「未熟な腕前ではありますが、公主さまのためにせいいっぱい弾かせていただきます」

決意をして言うと、広間の中が一気にざわめき始めた。


まずは雪玲が先に一曲披露し、そのあとに珠月が琴を借りて演奏することになった。

沈みかけた夕日に照らされた露台に、少女が正座する。

「琳玉公主さま、お誕生日、まことにおめでとうございます」

雪玲はかすかに震える高い声で言い、深々と拱手する。

床に置いた琴の弦を、細い指が爪弾く。繊細な音色が零れ出し、最初は緊張の面持ちだった彼女は、一音弾くごとに演奏にのめり込んでいった。

おそらく、本当に琴が好きなのだろう、指の運びから、彼女が幼い頃から数えきれないほどの練習を重ねてきたことが伝わってくる。完全に曲を我がものとしている雪玲の熱の入った演奏に、ほう、と周囲の人々からため息が零れた。

趙の強引なやり口は感心できるものではない。けれど、自信満々に乗り込ませるだけあって、雪玲には才能がある。その音色は公主に捧げるに相応しいものだと、珠月も納得した。

二つ髷に花飾りを着けた少女は愛らしい顔立ちをしている。まだ十三、四歳だろうから紫冰とは少々年の差がある。

（だけど……私よりは、紫冰さまにずっと相応しい……）

男の身で子も望めず、なおかつどこから来たのかもわからない自分など、本来は、皇帝のそばに置いてもらうだけでも問題外だ。

切ない気持ちになりながら美しい旋律に聴き入っているうち、琴の音が勢いを増す。演奏が最高潮に盛り上がったところで、左右に控えていた侍女たちがスッと袖を揺らした。

袖口から出したその指先の上で、ふわりと花の蕾が開く。

客たちからワッと歓声が上がった。

妖力を持つらしい侍女たちが袖を揺らすたびに、次々と新たな花が開き、すぐにはらはらと薄紅色の花びらが散っていく。赤橙色の落陽を受けながら、可憐な少女が弾く琴の音色に合わせ、花吹雪が舞う。その様は、夢のように綺麗な光景だった。

雪玲が最後の音を弾き、弦の震えを止めた瞬間、広間には盛大な拍手と賞賛の声が溢れた。

「素晴らしかったわ。雪玲はまた腕を上げたわね」

拍手をしながら琳玉は惜しみなく少女を褒め称える。「よかったら今度奥の宮にいらっしゃい、わたくしと合奏しましょう」と言われて、雪玲は真っ赤になっている。

「次は珠月の番ね」

琳玉に促され、珠月は一人で露台に向かう。すると、雪玲の侍女たちが琴のそばからさっと離れるところが見えた。

(なんだろう……?)

妖力で出した花びらはすでに消えているから掃除をする必要はない。まさか、わざわざ琴を磨いてくれたのだろうか、親切なことだと頭の中で考えながら、珠月は襦裙の裾を払って静かに腰を下ろす。

おそらく、何も起きないようにと警戒しているのだろう、雷淵と天蔚が目立たないようにそばの壁際で控えていてくれるのが見えて心強い。

この場にいるほとんどの者が、珠月が失敗して恥をかくことを望んでいるはずだ。

けれど、見守る雷淵たちと、それから、上座にいる紫冰の存在を心の支えに、珠月は琴に向き合った。

「琳玉公主さまにお祝いを捧げます」

丁寧に拱手をしてから、静かに弦を押さえる。

すべての弦を弾(はじ)いたときに、ふっと妙な感触がした。

続けて和音を弾くうちに、最も遠い第一弦の張りがおかしいと気づく。雪玲の侍女たちが何か細工をしたのだとわかったときには、すでに遅かった。

対策を講じる前に、あえなく第一弦が切れる。

珠月の体から血の気が引いた、その瞬間だった。

琴の上を滑るように、素早く一陣の光が走った。

よほど目のいい者でなければ捉えられなかっただろう。珠月の目にも一瞬だけ見えたのは、紫冰が使役している小竜の尻尾の残像だけだった。

四竜のうちどの子だろう。驚いたことに、小竜が通ったあとの第一弦は何事もなく繋がっている。動揺を押し隠して指を動かしながら、ちらりと視線を上げると、上座で肘を突いて座っている紫氷が『続けろ』というように頷くのが見えた。

（ありがとうございます、紫氷さま……！）

彼が守ってくれている。そのことは、何よりも珠月の心を熱く奮い立たせた。

——紫氷に恥じない演奏をしたい。

珠月は薄闇の中、露台に灯された篝火の明かりだけを頼りに、何事もなかったかのように弦を弾き続けた。

下りてきた淡い紫色がかった夜の帳が、夕暮れの名残を消していく。

夢中で弾くうち、広間のざわめきがだんだんと遠くなる。この場に自分と楽器しかいなくなる感覚に没入し、珠月は音の世界に深くのめり込んでいった。

もうじき曲が終盤に差しかかるという頃、かすかな光の軌跡が見えた気がした。

ふいに広間から人々にざわめきが起こった。

（蛍……？）

視線だけを向けると、いつの間にか、珠月の周りをほんのりと輝く金色の光が舞っていた。

琴の調子に合わせ、薄闇の中に飛ぶ蛍のような幻想的な光が、ぽつぽつといくつも灯っている。

夢かそれとも現なのかもわからなくなりそうな光景の中、珠月は最後の音を弾き終える。

残響が消え去る前に、一羽の蝶のかたちをした光がふわりとその指に止まった。

これが誰のしわざなのかに気づいて、珠月は思わず口の端を上げる。金色の蝶が止まった手をそっとかかげて、恭しく拱手した。

蝶はふわりと羽を広げると、鱗粉のようなひとすじの煌めきの軌跡を残し、天に向かって舞い上がる。

篝火だけが煌々と燃える中、不思議な光はいつの間にか跡形もなく消えていた。


――宴の間は水を打ったように静まり返っている。

一瞬ののちに、広間全体から割れんばかりの拍手が沸き起こって、珠月はぽかんとなった。

珠月が弾き始めたときは、あざけるように笑ったり、いかにも聴く気はないというような態度で会話を続けたり、器をぶつけてわざと物音を出したりする者までいた。

しかし今は、客の中には、袖口で目元を押さえて啜り泣く者の姿までもがある。

雷淵は満面の笑みで力強く手を叩き、天蔚も渋々といった顔で拍手をしている。上座にいる黛玉に宝玉、皇太子も笑顔だ。

とっさに見ると、紫氷も誇らしげに手を叩いてくれているのが見えて、強張っていた珠月の全身から力が抜けた。

「……お見事だったわ」

琳玉は潤んだ目尻を拭って立ち上がり、惜しみない拍手をくれる。

「珠月はさすがの腕前ね。演奏を聴いている間、まるで夢の中にいるみたいだったわ。またぜひ聴かせてちょうだい」

素晴らしい演奏を捧げた二人に何か褒賞を、と彼女は使用人に命じている。もったいない言葉に珠

月と雪玲は、慌てて拱手した。

梁岐（リョウキ）が一歩前に出て「珠月」と声をかけてきた。

「いい演奏だった。驚いたよ。君がこんなに琴の演奏に秀でているとは」

「お褒めに与（あずか）り光栄です」

珠月は頭を下げる。

梁岐は紫冰が帝位に即いた後、宰相となり、現在は義弟を支えている。

彼は妻に目を向けると笑顔で言った。

「許されるなら、私の屋敷にも琴を弾きに来てもらいたいところだ。なあ、琳玉よ？」

梁岐は帝都に立派な邸宅を構えているが、公主の琳玉は結婚後も宮城の敷地内にある奥の宮に住み、梁岐がそちらに通っている。梁岐が言う屋敷とは、おそらく宮城の外にある邸宅のことだろう。

「そうね。でも紫冰がいいと言うかしら？」

夫ににっこりしてから、首を傾げて琳玉が微笑む。

「ありがたいお言葉です。皇帝陛下のお許しが出ましたら、喜んで」

梁岐の誘いに礼儀を保って答えつつも、紫冰は決して許しはしないだろうと珠月は思った。

万が一許しが出たとしても、できれば梁岐の邸宅には行きたくない。

もちろん、過去のことはやむを得なかったのだと理解している。けれど、目の前であっさりと殺害を命じられた記憶からか、珠月の中には、まだどこかに梁岐に対する恐怖感が残っていた。

「まあ、皇帝陛下の君への寵愛は深いから、なかなか難しいかもしれないが」

期待薄だとわかっているようで、梁岐は苦笑している。

「――趙どの。雪玲の演奏も素晴らしかったな」

梁岐がふと趙たち一行に目を留めて話し始め、珠月はホッとした。

（よかった……なんとか無事に終わった……）

内心で胸を撫で下ろす。

ちらりと見ると、梁岐と話す趙は、先ほどまでの笑みが嘘のように強張った顔をしている。

（さっき、第一弦が切れたのは、間違いなくこの男の指図だろう……）

苦い気持ちで珠月は顔色の悪い趙を眺める。おそらくは、娘の演奏が済んだあと、侍女に命じて細工をさせ、珠月の演奏中に第一弦が切れるようにしたのだ。

雪玲は目を輝かせて珠月に賞賛の拍手を送ってくれていた。純粋そうな彼女は、きっと琴の練習に真摯に励んできて、父の裏工作など何も知らないのだろう。そう思うと、余計に趙のしでかしたことが腹立たしく思えた。

趙の計画では、皇帝と公主の前で、娘は珠月よりも優れた琴の腕前を披露するはずだった。そこで公主と皇帝に絶賛され、この機会に縁を繋いで、将来的にはあわよくば紫冰の妃に……という筋書きだったのではないだろうか。

しかも、もくろみは外れ、珠月は失敗せずに最後まで弾ききった。

趙が娘たちを連れて、そそくさと広間をあとにする。

「珠月、少しいいかしら？」と手招きされ、珠月は急いで琳玉のそばに近寄る。

人々の羨望の視線と、何か言いたげな紫冰の目を気にしながら、琳玉について続きの間に入る。

こぢんまりとしているが、重厚な造りの室内には円卓と椅子が据えられている。どうやら宴の間の主賓が休むための部屋のようだ。

琳玉が使用人に命じると、すぐに杯が運ばれてきた。ありがたく口をつけると、彼女は珠月が酒に弱いと知っているからだろう、中身は果汁入りの飲み物だった。自らも杯を手にして、琳玉は口を開いた。

「ここのところは神廟の祭礼くらいでしか会えなくて寂しいわ。紫冰はあなたに無茶をさせてはいない？」

「はい、紫冰さまはお優しくて、いつも気を配ってくださいます」

正直に答えると、琳玉は安心したように頷く。それから、悪戯っぽく笑って言った。

「どうも趙は、わたくしが琴を好きだということは調べられても、あなたに琴を教えたのが誰かということまでは知らなかったみたいね」

楽しそうな琳玉を見て、珠月も思わず笑顔になる。

儀式に必須なため、神廟に仕える者は皆、簫と琴を教わる。

劉華国に現れてすぐの頃の珠月には、正直なところ、楽器の演奏を覚える余裕はかけらもなかった。熱心に練習をしはじめたのは、宮城には楽団があり、楽器の演奏だけで食べている者がいると教えられたからだ。

琴と簫の腕前を磨けば、生きるための手段の一つにできるかもしれない。そう思った珠月は、譜読みができるようになると、神廟の仕事の合間に、時間の許す限り練習に励んだ。その話が巫女である琳玉に伝わったらしく、彼女は神廟を訪れるたび、特別に時間をとって教えてくれるようになった。

そうして血の滲むような努力を重ねるうちに、いつの間にか珠月は、楽団の演奏者よりも巧いと驚かれるほどの腕前になっていた。

とはいえ、趙が珠月と公主の関係も、珠月の琴の腕前についても知らなかったのは無理もない。

——そもそも琳玉は、珠月がこの世界に現れた当初、異世界人に強い懸念を表明していたうちの一人だったのだから。

「雪玲もこれからもっと伸びるでしょう。趙家は商家だからあの子を神廟には入れないかもしれないけれど、あなたは紫氷に取られてしまったし、せめて雪玲が宮城の楽団に入ってくれたらいいのに」

琳玉はそう言ってため息を吐いている。

静かに続きの間に入ってきた侍女が、公主のそばに寄る。彼女は「あら」と肩を竦めた。

「もう、まだ少ししか経っていないのに、紫氷はあなたを返してほしいみたい」

「そうですか。では、私はそろそろ失礼いたします」

珠月が急いで立ち上がろうとすると、「待って、珠月」と琳玉が呼びかけた。

再び腰を下ろした珠月に、彼女は少し声を潜め気味にして言った。

「……紫氷はずいぶんと過保護にあなたを囲い込んでいるようね」

そう言われて、珠月はとっさに言葉に詰まった。

「今度珠月を奥の宮に連れてきてと頼んでも、わかったと言うばかりでちっとも連れてきてくれないのよ。相当熱を上げているのね」

「い、いえ……そういうわけでは……」

言葉を選びながら説明しようとすると、公主は苦笑した。

「いいのよ、わかっているわ。珠月があの子に忠実に仕えてくれることは、とてもありがたく思っているのよ。でも、あなたはつらいことがあっても紫冰には言えないのではないかと心配になるの」

そう言われて、琳玉がなぜ二人きりで話す時間を取ってくれたのかがわかった。

「珠月、もしも翔舞宮にいたくないと思うようなことがあったら、いつでも奥の宮にきてちょうだい。数日の休暇でもいいし、ずっとでも、珠月なら大歓迎よ」

琳玉はきっと、紫冰に仕える珠月が、人々からどんなふうに思われているのかを知ったうえで、そう気遣ってくれているのだろう。

彼女の優しさをありがたく思いながら、ふと、珠月は不安な気持ちになった。

（私は、紫冰さまの幸福を阻んでいるのだろうか……）

だが、珠月だけをそばに置く今の状況は、紫冰自身の希望なのだ。

そして、彼に無理強いされているわけではなく、珠月もこのままでいられることを願っている。

それはただ、恋心を秘めた珠月と、他者に触れることを厭う紫冰、二人の利害が一致しているからに過ぎない。

紫冰は申し訳ないくらいに大切にしてくれているけれど——。

（……愛されているからというわけじゃない……）

悩みつつも、珠月には彼のそばを離れることは考えられなかった。

「……ありがとうございます、琳玉さま。ですが私は、陛下からお暇を言い渡されない限り、このままお仕えし続けたいと思っています」

彼女は卓の上に置いた珠月の手を両手でそっと包み込んだ。

「だったらいいのよ。余計なことを言ってごめんなさいね。でも、いつでもわたくしの手が必要なときは言ってちょうだい」

もう一度礼を言って、珠月は席を立つ。

「本日は琴を弾かせていただけて、大変光栄でした」

「ええ、わたくしも誇らしかったわ。でも、あなたに演奏で勝負を挑むなど、雪玲は可哀想だったかもしれないわね」

公主はふふっと笑う。珠月が現皇帝だけでなく、その姉の公主にも目をかけられていることを知る者はごくわずかだ。きっと今日、公主の珠月に対する親しげな態度を見て皆驚いただろう。

「今後は他の者も、愚かな行動に出ることはなくなるでしょう」

琳玉はふと真顔になり、珠月を見上げた。

「わたくしのお気に入りであるあなたをあんなふうに侮(あなど)られては、さすがに許せないわ」

(琳玉さま……)

もうずいぶんと前のことだというのに、彼女は律儀にも昔の出来事を忘れずにいるようだ。

唐突にこの世界にやってきた珠月は、当初、見つけてくれた紫冰や晧燕以外の人々からは奇異の目で見られていた。琳玉もその一人で、信心深い彼女は父が亡くなった日に現れた珠月を恐れ、神廟で預かることにも強く反対し、最初は追放を要求していた。

彼女が考えを変えたのは、珠月が持つ記憶のおかげだった。

どうにか言葉が通じるようになったあるとき、珠月は神廟に会いに来る紫冰が日増しに憂(うれ)い顔になっていくことに気づいた。

どうしたのかと訊ねると、『薬を飲んでいるのに、姉上の具合は悪くなっていくばかりだ』と、彼は言った。

どんな薬を飲んでいるのかと何気なく訊ねて、血の気が引いた。

体調を崩した琳玉は、劉家付きの医師から、万病に効く秘薬として、あろうことか水銀を飲むようにと処方されていたのだ。

残っていたわずかな記憶によると、珠月が元いた世界では、水銀は毒だと知られていた。飲むなどあり得ないことだ。

言わないわけにはいかないと、珠月は紫冰に頼み込み、琳玉に水銀を飲むのをやめてもらうように訴えた。彼は半信半疑だったろうが、薬を変えるよう姉に伝え、琳玉は弟の言葉を聞き入れた。そうしてしばらく時間はかかったものの、彼女は健康を取り戻したのだ。

水銀が毒だと教えてくれたのは、実は異世界人の珠月なのだと伝えられた彼女は、かなり驚いていたらしい。

なぜなら、当時は劉華国だけでなく、この大陸一帯の国々で、水銀は貴重な秘薬として信じられていた。

琳玉は弟から詳しい事情を聞き、わざわざ珠月の元に礼を言いに来た。彼女を救うために、信じてもらえないどころか、罰される可能性をも顧（かえり）みずに訴えた珠月の勇気に感謝してくれたのだ。

その後、公主自身の体験から、水銀を飲むことは体に毒だという注意が劉華国内に広く伝えられた。医師が処方することも禁じられ、ここ十年の間にだんだんと諸外国にもその話が伝わっているようだと聞く。自分自身に関することはごくわずかしか覚えていなかったものの、元の世界における常識や一定の知識の記憶が残っていたのが幸いした。

あの頃の恩義など、もうとっくに返してもらっている。

それなのに、その件以来、琳玉はたびたび珠月を気遣い、本来であればとっくに皇妃を娶(めと)っているべき弟のそばにいることも許してくれている。

こんなによくしてくれる彼女にも、珠月が偽りの夜伽をしていることは言えずにいる。

感謝の気持ちが湧くとともに、珠月は琳玉に申し訳ない気持ちでいっぱいになった。


琳玉に別れの挨拶をして、続きの間を出ると、扉のそばで天蔚が待ち構えていた。

「皇帝陛下がお待ちです。急ぎましょう」と言われ、広間の客のいるところには戻らず、別の扉から連れ出される。

人けのない通路を通り、天蔚に連れられてある部屋に入った。奥に進むと、開けた露台では、痺れを切らした様子の紫冰が腕組みをして待っているのが目に入った。

そばには彼の騎獣である翼竜もいて、珠月は目を丸くする。白銀の鱗に覆われた立派な翼と、長い尻尾がある大きな竜には、すでに手綱(たづな)と鞍(くら)が着けられている。手と足には恐ろしいほど鋭い爪が生えているのが見えてぞくっとした。

「珠月をお連れしました」

天蔚に差し出されて、慌てて「お、お待たせして申し訳ありません」と謝る。

紫冰は珠月の顔を見るなり「戻るぞ」と言って引き寄せると、有無を言わせず抱え上げ、翼竜の背に乗せた。

「し、紫冰さま⁉」

珠月は混乱した。翼竜どころか、騎獣に乗るのはこれが初めてだからだ。

宮城の敷地内は広大で、城とそれぞれの宮の間だけでもまともに歩けばかなりの距離がある。だから、皇帝や高位の軍人、高級官吏たちが急いで移動するときには、翼を持つ騎獣に乗る。中級以下の官吏は、懐具合が豊かならば翼のない騎獣、心許ない者は普通の馬に乗る。使用人用には相乗りの舟が用意されているので、この豊かな劉華国では、よほど近くの場所でない限り、下働きの者でさえも、徒歩で移動する必要はないのだ。

翼竜が首をもたげて、背の上の珠月をじっと見た。

くりっとした紅い瞳をした翼竜は、近くで見ると意外にも可愛らしい顔をしている。

「よ、よろしくお願いします」

翼竜に声をかけてから、落とさないよう簫を腰紐に差して、珠月は鞍の端を握る。

紫冰が珠月の後ろ側にひょいと飛び乗ると、「すぐに着くから、しっかり摑まっておけ」と声をかける。手綱を握った彼と密着する体勢になり、どぎまぎしていると、翼竜が翼を広げ、露台から飛び降りる。ふいに強い風が吹きつけて、思わず珠月は瞼を閉じた。

身を硬くしていると、紫冰の逞しい腕が腹に回り、落ちないようにしっかりと抱え込んでくれる。

恐怖を感じる暇もないほどあっという間に、翼竜は翔舞宮の門前に舞い降りた。

行きは小舟に乗ってきた。まさか戻りは、宵闇の中を飛ぶ翼竜の背に乗ることになるとは思ってもみなかった。

夜の天空散歩は貴重な経験だったけれど、紫冰が無言なのが気にかかって、正直堪能する余裕はなかった。

（……何か、怒っていらっしゃる……？）

迎えに出てきた使用人に翼竜の手綱を預けると、紫氷は珠月の手を引いて、ずんずんと建物の中に入っていく。

「あ、あの、陛下……」

呼びかけたが、「部屋で話す」という答えが返ってくる。

彼の部屋に入ると、紫氷は扉を閉め、ようやく珠月の手を離してこちらに向き直った。

一歩近づかれて、威圧感に思わず後退る。だが、背中が壁に当たって逃げる余地はもうない。

紫氷は怖い顔で、壁に背を押しつけさせた珠月をじっと見据えてくる。

苛立っている様子の彼に、まずは謝らねばと珠月は口を開く。

「……今日は、勝手な行動をしてしまい、申し訳ありませんでした」

紫氷は「天蔚から事情は聞いた」と言う。

「天蔚が呼んでいると偽られたのなら、お前は悪くない。趙へは改めて戒告させる」

そんなことはどうでもいいというかのように、どこか投げやりな口調だ。

呼ばれてもいないのに宴の間に行ってしまったことではないなら、紫氷はいったい何に苛立っているのだろう。困惑していると、彼がしばし口籠もってから言った。

「雷淵とは何を話した？」

予想外なことを訊かれて面食らったけれど、珠月はすぐに答えた。

「ご挨拶をさせていただきました。それから、私が天蔚さまを捜そうとしていたら、ともかく、まずは紫冰さまと琳玉さまたちのところに行ったほうがいいと言ってくださって……」

「それだけか？」

「それだけです」

何も後ろ暗いところはないのだが、紫冰はまだ眉根を寄せている。珠月が雷淵と関わる機会があると、彼はこうして、やけに気がかりな様子を見せる。

その理由には薄々推測がつく。

――それはおそらく、雷淵は、珠月が閨をともにした相手だということになっているからだ。

もちろん、実際には手を繋いだことすらない。

紫冰の閨の手ほどきの相手になるには、性的な経験が必要だった。やむを得ずに経験があると偽ると、紫冰から、相手はいったい誰なのかと強く追及されて困り果てた。悩んだ末に珠月は、たまたま翔舞宮を訪れた雷淵に事情を打ち明け、『表向きでいいから、自分を抱いたことにしてくれないか』と頼み込んだのだ。

彼は驚いていたが、どうしても紫冰の夜伽の相手になりたいという珠月の切実な願いを理解して、その頼みを受け入れてくれた。

優しい雷淵は、皇帝で友人でもある紫冰に対して秘密を守り続けてくれている。

それ以来、やけに紫冰は雷淵と珠月との関わりを気にするようになった。

おそらくは、自分の親しい友人と、曲がりなりにも目をかけている使用人が深い関係になったことが不愉快だからだろう。

（だけど今更、雷淵さまとは何もないなんて言えないし……）

頭が痛いけれど、今は独身の雷淵が先々伴侶を娶れば、紫冰もこんなことを気にしなくなるはずだ。

「……では、他の者からは？　何か嫌がらせをされたりなどはしなかったか？」

ようやく気を取り直したように、紫冰が質問を変える。

珠月は記憶を探った。

『異国から来た者が、どんな呪法を使ったのか皇帝の心を摑み取り、籠絡している』

趙の侍従からぶつけられた言葉を慌てて脳裏から消し、「それだけです」と答えた。

さすがにこれは言えない。もし紫冰に伝えたら、趙たちは戒告どころでは済まなくなる。今後しばらくの間、宮城への出入りを禁じられてしまうかもしれない。

正直言って、趙自身は自業自得だと思うし、庇う気も起きない。

けれど、それでは雪玲があまりに可哀想だ。純真で真面目に琴を愛している様子の少女のために、珠月は口を噤むことを決めた。

珠月の説明に「そうか」と頷き、紫冰が硬かった表情をようやく緩める。

それから、どこかぎこちない動きで珠月の髪に触れた。

「……あんな状況では弾きづらかっただろう。だが、素晴らしい演奏だった」

ぽつりと言われて、労りを込めた紫冰の褒め言葉が胸に沁みた。

「もったいないお言葉です。弦が切れたときは、小竜の助けで命拾いしました。あの子は、白白でしようか？」

「そうだ、よくわかったな」

彼が感心したように口の端を上げる。

「侍女たちが小賢しい真似をしていたからな。おそらく趙の差し金だろうが……あの者たちにも釘を刺しておかねばならない」

紫冰は思い出したように忌ま忌ましげに言う。

「それと……蛍と蝶を、ありがとうございました」

訊ねると、彼は「どうして俺だとわかった？」と問いかけてきた。珠月は思わず笑顔になる。

「なぜでしょう、すぐにわかりました。とても綺麗で……まるで、演奏を応援して、褒めてくださっているかのようで」

他にも同じことのできる妖力を持つ者はいるだろう。けれど珠月は、彼以外にはあり得ないと確信していた。紫冰はふっと笑って、弄っていた珠月の髪を一束、口元に持っていった。

「趙の娘は着飾っていたし、小細工ができる侍女まで連れていた。だが、お前は平服のまま、しかも一人では不利だろう、そう思ってしたことだったが……不要だったかもしれないな」

愛しげなしぐさで髪に口付けられて、どきっと心臓の鼓動が跳ね上がる。

「宵闇の中で琴を弾くお前は、美しすぎた。蛍や蝶など出さなくとも、露台から天界に連れ去られてしまうのではないかと恐れを感じたほどだ」

真顔で言われて、珠月は動揺した。そんな、とぎくしゃくとした動きでうつむく。

「だが……今夜のことは、想定外だったな」

「え？」

「どうやら、お前を人前に出さずにきたツケが、纏めて来そうだ」

紫冰は珠月の髪を撫でながら、難しい顔をしてぼやくように言った。

いったいどういう意味だろうと、珠月は首を傾げた。

＊

気持ちよく晴れた青空に真っ白な雲がたなびく。

翔舞宮の門の前に、宮城内を流れる川の流れに乗って、優美な造りの小舟が着く。鮮やかな色に塗られ、鳳凰をかたどった豪華な船首を持つ舟に付けられた旗には、貴族である徐家の紋が見えている。

「雷淵さま、焔隼さま。ようこそお越しくださいました」

門番が舟を通すと、到着を待っていた珠月は拱手して二人を出迎えた。

「珠月！　出迎えありがとう」

皇帝の宮を訪れたのは、紫冰の古くからの友人である男たちだ。

赤色と黒に金の華やかな刺繍を施した襦裙の裾を優雅に持ち上げ、一人目の男が舟から下りる。笑みを浮かべた徐焔隼は、爪を赤く塗った指を珠月の頤にかけて、くいと掬い上げる。唐突な行動に、珠月は目を丸くした。

「どれ、肌の色艶もいい。それに、元気そうだね。翔舞宮の住み心地は問題ないようだ」

緩く巻いた長い髪に簪を挿し、妖艶な雰囲気を纏う焔隼に間近で見つめられ、「も、もちろんです」とどぎまぎしながら珠月は答える。彼の中性的な美は、きりりとした正統派な男前である紫冰とは異なる不思議な色気があった。

続けて舟から下りてきた大柄な男が、焔隼の手をそっとどけさせた。

「焔隼、失礼だろう――珠月、琳玉さまの祝いの宴以来だな」

軍服姿の雷淵が口の端を上げて言う。彼と会った琳玉の誕生日の宴から一週間経っている。あの日の彼の気遣いを思い出して、珠月は深々と頭を下げた。

「ええ。雷淵さま。改めて、先日はありがとうございました」

「俺は何もしていないが。ただ、いいものを聴かせてもらっただけだ」

雷淵の言葉に、焔隼がぼやくように言う。

「ああ、私ももう少し早く戻っていれば！　せっかくの珠月の琴が聴けなくて残念だよ。ちょうどあのときはまだ旅の途中で、宴の翌日に帰国したんだ。だから、残念ながら公主様のお祝いに馳せ参じることができなかったんだけれど、珠月の演奏がすごかったっていう話はあちこちで耳にするよ」

珠月は「焔隼さまのためでしたら、いつでも喜んで弾かせていただきます」と微笑んだ。

「小珠（シャオシュ）、嬉しいことを言ってくれるね」

焔隼は珠月を親しげに呼び、にっこり笑う。

それぞれが裕福な貴族の家柄の生まれでありながら、二人は異世界人である珠月にもごく普通に接してくれる。

紫冰と同じく、周辺国を巡って様々な知識を持つ老師に学んだからかもしれない。部下や使用人にも一定の敬意を払う彼らに、珠月はいつも密かな尊敬を覚えている。身分差に構わず接する気取らない紫冰と同じで、彼と長く友人付き合いが続いていることも頷けた。

「紫冰さまももうじき宮城からお戻りになるはずです」

珠月は二人を紫冰の私的な応接の間に通した。

幼馴染みである彼ら三人は、月に一度程度、この翔舞宮に集まって酒肴を楽しみながら歓談する。

軍人の雷淵は宮城でも紫氷と会うことができるが、焔隼は表向きの官職を授けられてはいるもののほとんど宮城には出仕しない。その代わり、実家である商家の仕入れのため、よく各国を旅していて、各地の状況にやたらと詳しい。どうやらその情報を逐一紫氷たちに届けているようだ。

表向きは親しい友人との会合だけれど、おそらくは、二人との情報交換をするため、他の者の耳のない場所で集まる必要があるのだろう。

ほどなくして紫氷が宮城から戻り、康の指示で酒や料理が運ばれた。

酒肴が足りなくないかと珠月が伺いを立てに行くと、ちょうど彼らは何かを話し込んでいるところだった。声をかけていいものか悩み、扉の前で足を止めると、漏れ聞こえる話は、焔隼が旅の間に探ってきた周辺国の状況だと気づく。

「――だから、今一番きなくさいのは、梁漢国(リヨウカンこく)かな。火薬の原材料の輸入量が今年に入って三倍ほどに増えているそうだから」

（梁漢国……）

焔隼が名を出したのは、大陸の中でもかなり遠方の国だ。

彼の話では、梁漢では、ここのところかなりの量の火薬や武器を国軍の倉庫に集めている。つまり、内線でなければ、周辺国との間で近々戦が起こる可能性があるようだ。劉華国にすぐに影響のあるほどの距離ではないけれど、念のため、紫氷の耳に入れておくのだろう。

慌てて聞かないように努めたけれど、うっかり耳に入ってしまった。

会話が途切れたところを見計らって、動揺を押し隠し、珠月は何気ない様子で扉越しに声をかけた。

「失礼いたします。追加の酒肴はいかがいたしましょう」

すると、「珠月だよね？ 入っておいでよ」と焔隼に言われて、そっと扉を開ける。

居室の中では三人の男たちが椅子に座り、杯を傾けている。卓の上を見ると、酒豪の彼らは肴にはまだそれほど手をつけていない。最初に何本か酒の瓶を運んであるため、酒もじゅうぶんなようだ。

「酒肴は足りているよ。ねえ、それよりも珠月の琴が聴きたいな」

焔隼にねだられて、珠月は紫氷のほうに目を向ける。

「私は構いませんが……」

「いいだろう、紫氷？」と、焔隼が気安く声をかける。

「珠月がいいのなら」

紫氷が鷹揚に頷いたので、珠月は楽器を置いている続き部屋に向かう。

七弦琴を抱えて応接の間に戻り、焔隼が希望した曲を何曲か弾いた。

「ああ、麗しい音色で何年か寿命が延びた気がするよ」

焔隼は満足げな笑みを浮かべて熱心に手を叩き、珠月の琴を絶賛する。

彼は演奏の礼代わりにと、珠月にも外国の茶と綺麗な玉の簪の土産をくれた。

「さ、珠月も少し飲んでお行きよ」

礼を言って珠月が下がろうとすると、焔隼から酒を勧められる。

「珠月は弱いから無理に飲ませるな」

紫氷が釘を刺すと、焔隼が笑って酒器を持ち上げる。

「知ってるんだぞ？ お前だって、夜伽のときに珠月に酒を飲ませているそうじゃないか」

焔隼は気さくで人当たりがいいので、翔舞宮の侍女たちにも大人気だ。おそらく、この宮を訪れるうち、若い侍女たちの誰かから夜伽の話を聞き出したのだろう。

「俺は無理強いしているわけじゃない」と紫冰は眉を顰めている。

焔隼はすでに珠月のために杯を満たしている。焔隼は気にしないかもしれないけれど、珠月が無礼をすれば、主人である紫冰の顔を潰すことにもなりかねない。

「では、失礼して一杯だけいただきます」

紫冰に言い置き、その杯だけ付き合うことにした。

一気に呷ることはできず、少しずつ、できるだけ急いで飲む。その間の話題は、先ほどの軍事の件とは一転して、各地の特産品や祭りなどの和やかな話になった。知識でしか知らない外国の話を珠月が興味深く聞いていると、ふと思い出したように焔隼が紫冰を見る。

「――ああ、そうだ。お前に栄寧国からの見合いの話がきただろう」

（お見合い……？）

焔隼の言葉に、珠月は思わず紫冰のほうを見る。

「誰から聞いた？」と紫冰は仏頂面だ。

焔隼は「栄寧国の商人からだよ」と答える。彼は先日まで仕入れの旅に出ていた。帰国のため、周辺国をぐるりと巡って最後に隣国を通ったとき、王家に出入りしている商家の主人から聞いたのだと答えた。

栄寧国は劉華国と国境を接する小国だ。面積は半分以下だが、劉華国と同じように強い妖力を持つ一族による王制が敷かれていて、治安がよく豊かな国だと聞く。

紫冰には皇太子時代から、国内はもちろんのこと、あちこちの国の王族からも数えきれないほどの見合いの話が届いていた。それらを丁重に断りつつ、ときには劉家の縁戚や貴族の家の独身者を紹介して、縁を繋いだりしていたようだ。

劉華国には後宮もないうえに、紫冰自身があらゆる見合いを断りすぎて、『劉華国皇帝は堅物で、結婚に興味がないようだ』というのは周辺国でも定説となりつつあるらしい。

だからか、ここのところはもう見合いの打診が来ることすら稀になっていたはずなのだが――。

「栄寧国には未婚の公主さまが何人かいるから、王は周辺国と婚姻による強い縁を結びたいと考えているようだ。だけど、どうも劉華国の皇帝とは縁がなかったらしいって。断ったんだろう？　なんでだ？」

焔隼の問いかけに、紫冰が平然として返す。

「我が国の他にも独身の皇帝や王族がいる国はいくらもある。丁重に返事を送らせたし、国交にはなんの問題もないだろう」

珠月は杯を空けないことにはこの場を去れず、ちびちびと酒を飲みながら内心で冷汗をかく。

彼らの間をとりなすようにして、脇から雷淵が口を挟んだ。

「まあ、他国から妃をもらうのもいろいろと大変なことだからな。栄寧国には金の鉱脈があるし、宝石も多く採掘されると聞く。すぐに他国からいい縁談が舞い込むだろう」

雷淵がそう言って流そうとしたものの、焔隼は納得しなかった。

「縁談は、紫冰の好きにすればいいと思うけれど。ただ、珠月の処遇については、少々言いたいことがあるな」

唐突に自分の名前を出されて、少しずつ杯を傾けていた珠月は驚く。

「なんだ？　言ってみろ」

眉を顰めて紫冰が促す。焔隼は「ではおそれながら、言わせてもらおうか」と話し始めた。

「お前は皇太子時代に、反対を押し切って珠月を神廟から自分の宮に呼んだ。あのときは、異世界人である彼を周囲から守るためにそばに置くことにしたのかと思ってた。皇太子の宮ならどこよりも安全だし、珠月も安心だろうと、当時はお前の決断に感心したものだよ」

思い出すような表情で言い、焔隼は小さく笑う。ふいに彼は表情を引き締めた。

「でもね。先週の公主さまの誕生祝いの席で、琴を弾いた珠月への反響を耳にして、ふと疑問に思ったんだ。お前が彼を表に出さずに囲い込んでいるのは、ただ、類い稀なくらいに美しく成長した彼を他の者に取られたくなくて、隠しているだけなんじゃないのかって」

じろりと紫冰が焔隼を見据える。雷淵は話の行く末を見守っているようだ。

珠月は自分のことで彼らに不穏な空気が漂っている状況にハラハラした。

「……もしそうだとしたら、どうだというんだ」

紫冰が不満げに言うと、「どうも何も、このままじゃ珠月が可哀想だとは思わないのか？」と焔隼は呆れ顔になった。

「久々に表舞台に出てきた彼が今、人々からどう言われているか知ってるのか？　『仙女のように美しい皇帝の愛妾』だって。この一週間で宴の評判が界隈を駆け巡って、皆、口々に美貌と琴の腕前を褒め称えながらも『あれほど皇帝がご執心なのは、異世界人はどんなに床の具合がいいのか』『もしや異世界から、何か男を虜（とりこ）にする秘薬でも隠し持ってきたのではないか』って、貴族たちの間でももっぱらの噂だよ。お前が明らかに珠月への執着を見せるくせに、身分は側近官にして、はっきりしない態度でいるから、そんなふうに珠月が蔑まれているんだぞ？」

「焔隼、そんなことを珠月の前で言うな」

雷淵が苦言を呈する。彼の気まずそうな様子を見て、おそらく、焔隼が出した言葉はまだましなもので、もっと酷い侮蔑の言葉を吐かれているのだろうなと珠月は悟った。

紫氷に苛立った様子で、焔隼は更に強い口調で続けた。

「紫氷、彼がお前にとってただの臣下でしかないというなら、戯れの夜伽の相手にするのはもうやめるべきだ」

「焔隼さま」

「ごめんね、珠月はちょっと黙ってて」

すまなそうに珠月の言葉を遮って、焔隼は紫氷を見据えた。

眉を顰めた紫氷が、ふいに珠月に目を向けた。

彼は、何か言いたげな顔で、狼狽えている珠月をじっと見つめる。痛いくらいの目力で凝視されて、珠月はどうしていいのかわからなくなった。

（焔隼さまは、ご存じないから……）

紫氷を責める焔隼は、珠月が彼の偽りの夜伽の相手だとは知らずにいる。

そのことを知っている雷淵は、オロオロしている珠月を気遣うように見ている。紫氷と雷淵からそれぞれ視線を向けられ、珠月は言わずにはいられなくなった。

「焔隼さま、お気遣いは本当にありがたく思います。ですが、私には不満などありません。陛下にはよくしていただいておりますし、今のままでじゅうぶん満足しているのです」

必死の思いで言うと、「ほら、珠月がそうやって甘やかすから、紫冰がいつまでも動こうとしないんじゃないか」と焔隼はため息を吐く。

「紫冰が先々、誰かを正式に妃として娶るときがくれば、珠月の立場はいっそう複雑なものになる。今は良くても、十年後、二十年後はどうだ？　珠月には血縁者がいない。琳玉さまという味方がいるとはいえ、いざというときに戻れるところといえば、神廟しかないんだぞ」

焔隼は語気を和らげて、どこか懇願するようにして続けた。

「それとも、もしも珠月を誰よりも特別に思っていて、手放せないというのなら……正式に愛妾にして宮の一つも持たせてやれ。立場を公にして、もっと明確な証しを与えてやれよ。お前の寵愛が消えたときに、珠月の助けとなるのは、物と金子だけなんだから」

（焔隼さま……）

珠月はハッとして焔隼を見つめた。

「彼は私たちにとっても古い友人のようなものだ。だから、無下には扱わないでやってほしい」

その言葉は、珠月の胸を突いた。

どうやら焔隼は、紫冰を責めたいわけではなく、本心から、寄る辺ない珠月の行く末を心配してくれているとわかったからだ。

焔隼の気持ちは嬉しい。けれど、自分は今のままでいられたらそれだけでいいのだ。

紫冰が今の話をどう受け止めるのかと思うと、珠月は不安な気持ちになった。

「……俺が、珠月のこれからについて、何も考えていないとでも思うのか？」

苛立ちを滲ませたような声で言うと、紫冰はいっそう眉根を寄せる。

「お前が珠月を大事にしていることはわかるよ。だからこそ、彼のためにならないことをするなと言ってるんだ」

どこかもどかしそうに焔隼は言う。

「上手に扱えないなら離してやればいい。珠月の評価は、この間の宴の演奏でうなぎ上りだ。今ならいくらでも待遇のいい相手を望める……そうだろう、雷淵？　お前だって珠月を気に入っているはずだ。もし彼が翔舞宮を出ると言い出したら、喜んで引き受けるんじゃないか？」

唐突に話を振られた雷淵は、驚いた顔でとっさに珠月を見た。

「俺は……」

何か言いかけた雷淵の言葉を、鋭い声が唐突に遮った。

「――駄目だ」

焔隼も、雷淵もぽかんとしている。珠月も呆気にとられた。

声の主は、驚いたことに紫冰だった。

「雷淵のところに行くことは認めない」

強い口調で言い切ると、紫冰は無言でぐいと杯を呷った。

「……俺は部屋に戻る。お前たちは好きなだけ飲み食いして行け」

紫冰は投げやりにそう言うと席を立ち、部屋を出ていく。

「紫冰さま！」

焔隼たちに謝罪してから急いで部屋を出ると、珠月は紫冰のあとを追った。

ずかずかと歩いて自らの寝所に入った彼は、追いかけてきた珠月を振り返る。追い出されるのかとっさに珠月が足を止めると、数歩戻ってきた彼に肩を摑まれた。

紫冰が珠月の体を扉のそばの壁に押し付ける。壁に手を当てて、囲い込むようにされて戸惑った。捕らえなくても逃げたりしないというのに、珠月は動けなくなる。

これだけは言っておかなくてはと、急いで口を開く。

「あの……私は、本当に今の暮らしに満足しているのです。翔舞宮を離れたいなどと思ったことは、これまでに一度たりともありません」

そう言うと、筆で刷いたような紫冰のかたちのいい眉根がきゅっと寄せられる。

「ですから、焰隼さまがおっしゃったことは、どうか気になさらないでください」

険しい顔をした紫冰が口を開いた。

「お前は、雷淵のことが好きか？」

珠月は迷わずに答えた。

「雷淵さまは素晴らしい方です。尊敬していますが、色恋の意味でお慕いしているわけではありません」

雷淵はいい人で、恩義もある。彼を好ましく思わない者はいないだろう。だが、珠月があらゆる意味で好きなのは、別の人だ。

しばらくの間、紫冰は唇を引き結んで考え込むようにしていた。ふいに彼は「嫌ならば答えなくてもいい」と言ってから、言葉を選ぶようにして続けた。

「……雷淵とは、何度した？」

「え？」

一瞬、なんのことを訊かれているのかわからなかった。

しかし、すぐに、どうやら彼が閨でのことを言っているのだと気づく。信じ難い問いかけに、珠月は羞恥で顔が熱くなるのを感じた。

そもそも、一度もしていないのだから、回数など訊かれても答えられるわけもない。

ただ、珠月は紫冰の閨の手ほどき相手として手を挙げたときに、追及され、苦し紛れに『練習相手になれる程度の経験はある』と豪語してしまっている。雷淵と密かに何度も逢瀬を重ねたのだと思えば、善意で珠月を神廟から引き出してくれた紫冰は面白くないのかもしれない。

いったい何回こなしていることにすれば不自然ではないのだろう。それすらもわからず、珠月は必死で頭を働かせた。

「も、申し訳ありません、その……覚えておりません」

悩んだ挙げ句、どうしようもなくてそう答える。

「……覚えていないくらい、したということか」

顔を顰めた彼がぼそりと何かを呟くけれど、よく聞こえない。

珠月がおずおずと訊き返そうとする前に、今度は「どうだった？」と彼が訊く。

「は？」

——どう、と言われても。

いっそう困り果てたけれど、そもそも雷淵とだけなく、まったく未経験の珠月には閨での感想など思いつかない。こんなことなら密かに春本でも取り寄せて、よくよく閨でのことを研究しておくべきだったと後悔した。

「や、優しくしてくださいました」

「それ以外には？」

必死で当たり障りのないことを答えるも、紫氷は満足してはくれない。更に追及されて、珠月は泣きたい気持ちになる。

「なんと言いますか、その……、す、すごかったかと」

この場から逃げ出したいような気持ちで、無理に言葉を絞り出す。

「どうか、もうお許しください」

懇願した珠月は、目の前にいる紫氷が、ぎりぎりと音がするほど歯を食い縛っていることに気づいた。何かを堪えているのか、壁に突いた逞しい腕にはくっきりと血管が浮き出ている。

珍しく酔いが回ったようで、普段はどんなに飲んでも顔色一つ変えない彼の頬がうっすらと赤く染まっている。

「紫氷さま、少々お酒を過ごされたようです。いま、水をお持ちしますから」

水を取りに行こうとしたが、紫氷は摑んだ腕を放さない。

「水はいらない。酔ってはいないからここにいろ」

そう言うと、紫氷は手を握り、ぐいぐいと引っ張って牀榻のほうに珠月を連れていく。

今夜は何も言われていないから、まだ夜伽の支度をしていない。美しい簪や襦裙も纏っておらず、化粧もしていない。

寝所では眠るだけとはいえ、この格好で彼の閨に侍ることは憚（はばか）られた。

「紫冰さま、今夜はまだ支度が……」

珠月が戸惑って言うと、「そのままで構わぬ」と言われる。

紫冰は天蓋から下がった布を無造作に捲り、珠月をその中に引き入れた。躊躇う間もなく引き寄せられ、足を掴んで履物をぽいと脱がされる。やむを得ずに腰を下ろした珠月の横に、彼がごろりと身を横たえた。

「……雷淵は、いつか妻を娶るだろう」

しばらくして、彼がぽつりと言った。

「ええ。雷淵さまとご結婚される方は幸せでしょう」

紫冰は不思議そうな顔でこちらに目を向けた。

「奴が他の誰かと結婚しても構わないのか？」

「もちろんです、心から祝福いたします」

珠月はしばし悩んでから、そっと付け加えた。

「あの……私とのことは、すでに過去のもので、もう雷淵さまもお忘れになっているはずです」

自分が身勝手な頼み事をしたせいで、将来のある雷淵が皇帝から不興を買うなどということだけは避けなければならない。

ともかく紫冰に、雷淵とのことは一時的なものであり、すでに終わった関係なのだとわかってもらいたかった。

「そうか」と言うと、紫冰はまだどこか納得がいっていない様子で、ぎゅっと目を閉じる。

慌てていたので、客である焔隼たちを放ってきてしまった。紫冰が休むのを見届けたら、応接の間に戻らねばならない。

「膝枕をいたしましょうか？」

何かできることはないかと考えて、珠月がそっと訊ねると、目を開けた彼は、一瞬迷うように視線を彷徨（さまよ）わせる。それから、ゆっくりと首を横に振り、膝の上に置いていた珠月の手を取った。

「そばにいてくれるだけでいい」

そう言うと、まるで縋（すが）るかのように、彼は珠月の手をぎゅっと握り込む。大切なものを扱うみたいに指で撫でられ、手の甲に唇を押しつけられる。啄（ついば）むように何度もそこに口付けられて、むず痒いような淡い痺れが珠月の体を走った。

戸惑う珠月には気づかない様子で、手の甲に額を押しつけたまま、紫冰が囁く。

「……お前がそばにいるだけで、どこにいるよりも落ち着く」

思いがけない言葉に、珠月は目を瞠った。

それは、彼に仕える身であり、彼を密かに恋い慕う自分にとって、これ以上ないほどの褒め言葉だった。

「ず、ずっとおそばにおりますので、安心してお休みください」

勝手に頬が綻ぶ。艶やかな黒髪を優しく撫でていると、だんだんと紫冰の表情が柔らかくなっていく。

自らの手をそっと抜き取り、珠月は紫冰の髪から金色の簪を丁寧に外す。それから、もう一度彼の手の中に手を滑り込ませて、ゆっくりと握った。

（焔隼さまのお気持ちは、ありがたいのだけれど……）

彼が言った通り、珠月には気軽に戻れるような場所がない。

確かに、紫冰がいつか妃を娶るような日がくれば、表向きとはいえ、ずっと閨の相手を務めていた珠月の処遇がどうなるかはわからない。優しい紫冰は決して突然自分を放り出したりはしないと思うけれど、妃となるお相手の気持ちが優先されるだろう。

場合によっては、もう二度と紫冰とは顔を合わせられないような場所に追いやられても、文句を言える立場にはないのだ。

――だからこそ、いらないと言われるまでは、せめて、誰よりも紫冰のそば近くで仕えていたい。

自ら紫冰のそばを離れることは、どうしてもできない。

珠月は切ない気持ちで、紫冰の大きな手に包まれた自分の手を見下ろす。

（……このまま、ずっとこうしていられたらいいのに……）

彼が寝息を立て始めるまで、珠月は静かに紫冰の横顔を見守っていた。


紫冰が完全に寝入ったことを確かめてから、使用人を呼んで応接の間に行ってもらうと、すでに焰隼たちは帰ったあとだった。

二人からはそれぞれ言伝があった。

『事を荒立ててすまなかったね』と焰隼からは謝罪が、そして、雷淵からは『何か困ったことがあれば、いつでも力になる』という言葉だ。

珠月は二人の気持ちをありがたく受け取った。

その翌日、朝から宮城に赴いた紫冰は、日暮れ前には翔舞宮に戻ってきた。

いつもより口数が少ないことが心配だったが、彼はいつも通りに夕食を取った。その後は夜伽を求められ、琴を所望されて、四竜たちとともに聴いてくれる彼にホッとした。

——このまま、何事もなくいつも通りの日常が続くはずだ。

そう珠月が思い始めたときだった。

翌朝早く、紫冰の寝所を出て身支度をする。朝食の時間になる前に、康がやってきて、なぜかすぐ紫冰の居室に行くようにと告げられた。

「失礼いたします」

急いで向かい、声をかけてから部屋に入る。

室内には紫冰一人で、彼は窓際の椅子に腰を下ろしていた。

「こちらへ」と命じられて、珠月は彼のそばまで行って両膝を突く。

(いったい、なんの話だろう……)

彼の表情がどこか硬いのに気づき、にわかに緊張が走った。

しばし言葉を選ぶように目を伏せてから、紫冰は口を開いた。

「皓燕と話をつけたから、しばらくの間、神廟に戻って暮らせ」

予想外のことに、珠月は愕然とした。

「な……なぜですか?」

昨夜も、珠月は紫冰とともに寝所で休んだ。紫冰は珠月の手を握って離さず、必要とされていることを感じたのに。

「も、もし、何か失態があれば、お詫(わ)びいたします」

考えてみても、心当たりはなかった。彼が珠月を遠ざけようとするなら、それは間違いなく、一昨日の焔隼の言葉が原因だろう。

「珠月、お前は何も失態を犯していないし、お前には何一つ不満はない」

紫冰は何か思い詰めていたように見えた昨夜までとは打って変わって、落ち着いた様子だった。

「俺は、この宮に連れてきて、お前を守っているつもりだった。だが……悔しいが、焔隼に言われたこともっともだ。今のままでは、皇妃の座を狙う子女がいる貴族たちは、お前を敵対視し続ける。むしろ、先日の宴でお前の素晴らしさを知り、いっそう蹴落としたいと思うだろう」

偽りの夜伽の相手として、結婚を厭う彼の盾になれるのなら本望だ。

珠月は必死の思いで訴えた。

「私は、どんなに邪魔に思われても構いません」

「他にも、お前自身に興味を抱く者までもが増えてしまった」

「それは、まだ宴が終わって間もないからです。私への興味など、もう数日経てばすぐに消えるでしょう」

珠月の訴えに、紫冰は苦笑いを浮かべた。

「そうでもなさそうだ。実は、この一週間だけでも、あちらこちらから言われていたんだ。『珠月どのをぜひ夜会に招きたい』『またあの素晴らしい琴の音を聴かせてほしい』『異世界の話を聞く場を設けてほしい』などとな。ああ、陛下の愛妾だという噂は本当なのか、とあからさまに訊ねる者や、あのような類い稀な美玉を隠すとは陛下も人が悪い、と責める者までいるほどだ」

ため息を吐きながら彼に言われる。

「わかっていると思うが、もう一度言っておく。お前を神廟にやるのは、お前が何か失態をしでかしたからでは決してないんだ」

狼狽えている珠月の手をそっと取ると、紫冰は優しく言った。

「俺が関わるまでは、お前が狙われたり、疎まれたりするとしたら、異世界から来た身だという理由だけだった。だが、今お前を目の敵にしたり、欲しがったりする者が現れたのは、すべて俺の曖昧な態度のせいだ。……こんなことになるなら、お前以外にも、適当に何人か愛妾役を作っておくべきだった」

珠月はびくっと肩を震わせた。

自分の手を握った彼の手を、もう一方の手で包むと、切実な気持ちで懇願した。

「紫冰さま、お願いです、私のためだと言ってくださるなら、どうか今のまま、ここで働かせてください」

「珠月、そんな悲しそうな顔をするな」

紫冰は、子供に言い含めるみたいにやんわりと言った。

「もちろん、俺だって変わらずにお前をそばに置いておきたい。その気持ちは、最初にお前をここに呼んだ日から今に至るまで、少しも変わることはない」

一瞬、ホッとしかけたが、紫冰は考えを変えてはくれなかった。

「だが俺は、お前の身が危険に晒されることを何よりも恐れている。お前に何かあったらと思うと……情けないことだが、落ち着いて政務に向き合える気がしない」

淡々とした口調で言う紫冰は、もうすっかり自分を手放すと決めてしまっている。

そう気づくと、珠月は絶望的な気持ちになった。

「今後のことは、改めてきちんと考える。決してお前にとって悪いようにはしない。だから、しばらくの間、お前の身柄を安全な神廟に預けると決めたんだ。あそこには、邪心を抱く者は足を踏み入れることはできない。晧燕にはよくよく頼んである。警護の者も新たにつけさせるし、この宮での暮らしと同様に、安全に過ごせるように取り計らうから」

何もいらない。ただ、なんでもするから追い出さないでほしいと泣きたかった。

けれど、きっと焔隼に言われてから悩んだのだろう彼の気持ちを思うと、これ以上勝手なことは言えなかった。

毒見係と、それから夜のお召しはどうするのかとおずおずと訊ねると、紫冰は即答した。

「毒見は別の者にさせる。夜伽にお前以外を呼ぶつもりはない」

二つの特別な役割は、珠月が彼のそばにいるための理由だった。

どちらもいらなくなれば、他には簫を吹いたり琴を弾いたりすることくらいしかできない珠月は、紫冰にとって不必要な存在になってしまう。

「……承知しました。我が儘を言って申し訳ありません」

珠月は泣きそうな気持ちを堪えて、彼の手を放すと、ぎこちない笑みを作った。

震える声を絞り出し、顔を隠すようにして深々と拱手する。

それ以外に言える言葉はなかった。

＊

「珠月、そんなに磨いては抉れてしまうぞ」

呆れ顔の皓燕に声をかけられてハッとする。紫色の目に長い銀髪が煌めく男の顔が近くにあり、息を呑む。神々しさと畏怖を感じさせる彼の容貌を見て、箏を磨くことに没頭していた珠月は我に返った。

「す、すみません」

慌てて布を外し、擦りすぎた竜頭に疵がないかどうかを確認する。艶のある雲杉を使った本体には特に問題がなさそうでホッとした。

一見すると三十代くらいに見える皓燕は、神廟の祭司を務めるすらりとした体躯の美男だ。

際立って博識な彼は、珠月が子供の頃から不思議と見た目が変わらない。実際に何歳なのかは「当ててみるといい」と言うばかりで教えてくれない。老成しているように見えながら、子供のように怒りっぽいところもある。愚かにも彼を怒らせた者には、呪いがかけられたみたいな災難が降るというのは、神廟で暮らす者にとっては周知の事実だ。神廟にいられるのだから悪人でないことは確かだが、冷たいような温かいような、なんとも捉えどころのない、人ならざる空気を纏う男だ。

「琳玉公主がお前に会いに来ておられる。身なりを整えて本殿に来なさい」

そう言って、皓燕はすたすたと部屋を出ていく。

全体を改めて確認してから、箏を入れ物にしまい、珠月は小さくため息を吐いた。

三日前、珠月はしょんぼりとした気持ちで、身の回りの荷物を抱えて神廟に戻った。話は通っているようで、古株の巫女たちは『お帰りなさい』と笑顔で歓迎してくれた。しかし、彼女たちに事情を話すより前に皓燕が現れ、『いいところに来たな』と言って、有無を言わせずに廟舎の奥に連れていかれた。

頼まれたのは、広い神廟の一角にある宝物庫の大掃除だ。

『定期的に掃除をしているんだが、最近は人手が足りなくて、なかなか宝物庫まで手入れができなくてね。お前が戻ってくれて助かったよ』と晧燕は笑顔で珠月に古びた分厚い目録を渡した。

高価な品が多く保管されているため、信頼の置ける者しか入れられず、ここしばらくはたまに風を入れる程度で、そろそろどうにかせねばと悩んでいたところだったらしい。

予期せぬ出戻りを果たした珠月は、面倒な仕事を頼まれたことに、むしろホッとしていた。

ただでさえ翔舞宮を出ることになり、沈んでいた。だから、やることがあるほうがずっと気が紛れてありがたい。

張り切って掃除を始め、丸一日かけてあちこちの埃を払った。それからざっと室内を掃除して、収められている宝物の箱を開け、丁寧に磨き上げてはまたしまう作業を続けた。

一つ一つ目録を確認しながら進めているけれど、早朝から日暮れまで三日続けても、宝物はまだ半分以上残っている。しばらくはやることに困らなそうだ。

晧燕が去ると、急いで出してあった宝物を一時的に片付け、扉に鍵をかける。

襦裙についた埃を払い、口元を覆っていた布を取ると、珠月は琳玉が待つ本殿に向かった。


「珠月、お疲れさまね。さあ、お茶を飲みましょう」

祭壇のある本堂のそばの居室に入ると、笑顔の琳玉が茶菓子を並べて待っていてくれた。部屋の隅には彼女の侍女が控えている。格子戸の向こうには晧燕の姿が見えて、どうやら訪れた信徒の応対をしているようだ。

神廟に戻った最初の日は、晧燕と神廟で働く巫女たちと皆で茶を飲んだのだが、大変だった。古株の面々はともかく、まだほとんど神廟から出る機会のない見習い巫女たちは、皇帝の宮付きの珠月に興味津々で、あらゆる質問攻めにされた。

無邪気な巫女の中には『皇帝陛下と毎晩一緒に寝ているのですか？』などと訊く者もいて困り果てた。珠月は思わず顔を赤くして返答に詰まり、その巫女が晧燕に部屋から摘まみ出されるなどという出来事もあった。

そのせいか、翌日から茶の時間は巫女たちとは別になっている。ホッとしつつも少々寂しくもあって、琳玉が来てくれたのは嬉しかった。

「宝物庫の片付けを任されているのですって？　かなりの量があるから大変ではないの」

「掃除は好きですし、珍しい品も見られるので楽しく作業しています」

「まあ、埃だらけだったでしょうに。喜んで掃除を引き受けるなんて、あなたくらいのものよ」

「居候の身ですので、置いていただけるぶん、なんでもいたします」

珠月が笑顔で言うと、二人分の茶器に手ずから茶を注いでくれながら、琳玉も苦笑した。

「本当に珠月は働き者ね。それをいいことに晧燕がこき使おうと企んでいるようだけれど、阻止(そし)しなくちゃ」

「いえ、神廟でお世話になった恩返しもまだできていないですし、この機会に少しは返していかなくては」

正直な気持ちを口にすると、琳玉は困り顔になった。

「……恩返しなんて考えなくていいのよ。ここはあなたの実家も同然の場所でしょう」

そう言うと、彼女は淹れたての茶と菓子を珠月に勧める。

「宝物庫の掃除が終わったら、里帰りだと思って、しばらくのんびりなさい」

優しい言葉に礼を言い、珠月はありがたく茶器を手に取った。

茶器の中で花びらが開いている。琳玉の好きな花茶は見目もよく、いい香りがした。

神廟の寮で暮らしていた頃、訪れた彼女がよくこの茶を淹れてくれたなと思い出し、珠月は懐かしい気持ちになった。

劉華国に現れたあと、翔舞宮で働くようになるまでの四年ほど、珠月はこの神廟預かりの身だった。

宮城内の祭祀を取り仕切る皓燕の下で、十数人の巫女たちとともに続きの建物にある寮で暮らした。

仕事は主に掃除と雑用だ。それから皓燕が神廟の薬苑で薬草を採取するときの手伝いもした。彼は様々な薬草の知識も深く、自ら葉や実を口にして味を知り、効能を理解するように教えられた。薬草には量や調合によっては毒となるものがある。思えば、ここで薬草の知識を叩き込まれていたことも、紫氷の毒見をするうえで大きな助けとなった。

仕事の合間に祈りを捧げ、言葉や歴史の勉強をし、簫と琴の練習に励む日々を送った。

周囲をぐるりと塀に囲まれたこの神廟は、劉華国を守護する水神を祀っている。

宮城の裏手にありながらも隔絶された空間であり、邪心を持つ者は祭壇のある建物に入ることはできないといわれている。

広い敷地の中には、背の高い木々や季節の植物が植えられていて、澄んだ水を湛えた大きな池もある。朝は花の蜜や木の実を啄みに来る小鳥の囀り（さえず）が聞こえ、ここに戻ると空気が澄んでいるのを感じた。

年に一度、神廟の祭礼の日にだけは手伝いに戻っているが、当時一緒に奉仕していた古株の巫女たちはもう数人だけだ。珠月が翔舞宮に移ってから、結婚したり宮城の外の宮で奉仕するようになったりして、今いる巫女たちは新顔ばかりになっていた。

茶を飲みながら琳玉が口を開く。

「晧燕は嬉々として仕事を言いつけているけど、珠月が戻ってくれて本当はとても喜んでいるみたいよ。巫女から聞いたけれど、紫冰からの使者が来たあと、すぐにあなたの部屋を用意させて、夕食に珠月の好きな物を作らせて、って、なんだかうきうきしていたそうだもの」

「……そうなのですか？」

珠月にはいつも難しい顔で苦言を呈するばかりなので、意外な話だ。

「ええ。珠月は勉強熱心だし、神廟の仕事にも誰よりも真面目に取り組んでくれたから、とても気に入っているみたい。本心では、ここに残ってほしかったんじゃないかしら」

琳玉は「わたくしもね、紫冰のところにいるとなかなか呼び出せないし、こうしてしばらくの間でもあなたと自由に会えるようになって、すごく嬉しいわ」とにこにこしながら言った。

「あなたが行きたがったから止めなかったけれど、紫冰が自分の宮に引き取りたいと言い出したとき、正直言うと、珠月はわたくしの宮に欲しいのにと言いたかったほどよ」

「……そんなふうに言っていただけて、光栄です」

まさか、晧燕や琳玉が、自分を惜しんでくれていたとは知らなかった。

彼らの気持ちは、家も家族もない自分にとって、どれだけありがたいことか。

珠月の胸に、じわじわと感謝の気持ちが湧いてくる。ここにいる間、できる限りのことをして働こうと改めて思った。

「まだ、どのくらいお世話になるかわからないんですけど……」

「いつまででもいたらいいわ。見習い巫女たちの模範となってもらえて、皓燕にしたら、むしろありがたいくらいでしょう。ああでも、珠月のことが大好きな紫冰のことだもの、きっとあっという間に迎えが来てしまうわね」

ぼやくように言われて、珠月も思わず笑った。

待っていてくれと言われたけれど、紫冰が今後、自分をどうするつもりなのかは珠月にはわからない。夜が来るたび、もしかしたら紫冰にはもう会えず、このままずっと神廟で世話になるしかないかもしれないと絶望した気持ちになっていた。

だが、琳玉と話しているうち、希望が湧いてくる。いつかきっと紫冰が迎えを寄越してくれるはずだと前向きな気持ちになれた。

「また一緒にお茶を飲みましょう。せっかくだから琴も聴かせてもらいたいわ」

「はい、ぜひ」

琳玉に言われて、珠月は笑顔で頷いた。

彼女は、珠月が返された理由については特に聞いてこない。皓燕も同じだ。紫冰がどう説明したのかはわからないけれど、気遣いをありがたく感じた。

神廟に戻ると、唐突に見知らぬ世界に辿り着き、必死で毎日を過ごしていた不安な頃を思い出す。

珠月はたびたび会いに来てくれる紫冰の存在を心のよりどころにして、どうにか日々を過ごしていた。

その後、紫冰に呼ばれ、翔舞宮で彼に仕える身となった。

これまでの日々がいかに幸せだったかを、珠月は改めて実感する。

「あ、天馬⁉」

格子窓の外からそんな声が聞こえて、思わず琳玉と顔を見合わせる。

二人で近づき、窓を開けてみる。お使いを頼まれたのか、荷物を抱えた二人の見習い巫女が、砂利敷きの庭に立って空を見上げていた。

視線のほうに目をやると、確かにそこには翼を持った白と黒、二頭の天馬が青空を翔けていくのが見える。

軍人を乗せた二頭は一途、東南の方角を目指しているようだ。

東南にあるのは、この国と国境を接する大国、祥丹国だ。

続けて、宮城のほうから更に数頭の騎獣が飛び立つ。

若い巫女たちは、珍しい光景に空を見上げて歓声を上げている。

飛べる騎獣は貴重なので、乗れる者は限られている。

長らく大きな戦が起きず、平和が保たれているおかげだろう。彼女たちには、軍人が騎獣に乗って急ぎで移動するような理由が思い至らないようだ。

だが、珠月は背筋が冷たくなった。

数日前、日課の占いをした皓燕は、何やら凶兆が現れたと苦い顔をしていた——そして、その方角はまさに東南だったのではなかったか。

皓燕はこれまで皇子の誕生についてや他国の戦のゆくえなど様々なことを的中させてきた。彼の占術の力は確かだ。

神廟で働く者は、劉華国でも皇帝でもなく水神に仕える身である。そのため、皓燕は誰にも忖度することなく、人々の死期も戦の兆候も導き出された通りに伝える。だからむしろ、劉家や軍部からの信頼が厚い。

海辺に面した祥丹国は友好国であり、周辺国の中でもこの国との交易が最も盛んだ。もし何かあれば、劉華国にも大なり小なり影響があるだろう。

「何かあったんでしょうか」

不安になって珠月が訊ねると、一緒に空を見上げていた琳玉が安心させるように言った。

「大丈夫よ。水神の守護は強力だから、そう簡単に他国の軍は我が国の国境を越えられないはずだもの」

それから、彼女は少しだけ表情を曇らせた。

「ただ……最初に出発した二人は軍服を着ていたし、あの天馬は大司馬の管轄にあるはず。軍人を急ぎで派遣するとなると、もしかすると祥丹国で何か起きたのかもしれないわね。内乱や……もしくは、災害の可能性もあるわ」

琳玉は、あの騎獣たちに見覚えがあるようだ。巫女である彼女は、生まれた騎獣に祝福を授ける役目を担っているからだろう。

大司馬といえば、将軍である雷淵の部下にあたる官職名である。

（内乱か、災害……）

小さくなっていく騎獣たちの一群を見つめながら、珠月は胸騒ぎを感じた。

「なんにせよ、大ごとではないといいのだけれど」

気を取り直したように琳玉は言う。「心配しなくとも、紫冰は大丈夫よ」と声をかけられて、珠月は慌てて笑みを作る。

きっと彼は宮城で政務をこなしているのだろう。

ちょうど午後の祈りの時間がきたようで、本堂から鈴の音が聞こえてきた。

「さ、わたくしたちも行きましょうか」

琳玉に促されて、珠月も腰を上げる。

本堂にはすでに巫女たちが集まっていた。立派な祭壇にはたくさんの蠟燭(ろうそく)に火が灯されている。香が薫かれる中、最前に座った晧燕が祈りを捧げている。

琳玉が最後列に腰を下ろしたので、琳玉もその隣に正座する。

皆とともに目を閉じて手を合わせ、人々と、それから紫冰の無事をひたすらに祈った。

＊

「これでよし、と」

最後の宝物を磨き上げてから、元の通りにしまい、珠月は息を吐いた。

神廟に戻って一週間も経つと、宝物庫の掃除もすっかり終わってしまった。

目録を見ながらそろそろ修理が必要そうなものを書き出しておくと、晧燕からは『気が利くな』と感謝された。

珠月がここにいることが伝わったらしく、焔隼からは差し入れの品が、雷淵からは、足りないものはないかと気遣う文が届いた。

それ以外では、一度、驚いたことに、康が様子を見に神廟へ来てくれた。

珠月がいないと侍女たちが険悪になったり、料理人が不満を言い出したりで、仕事がいつものように回らずに困ると彼はぼやいていた。康は『早くお許しいただいて、珠月を翔舞宮に戻してもらえるようにと、私からも陛下に頼んでおいたから』と言ってくれた。彼はどうも、珠月が何か失態を犯して皇帝の不興を買ったと思っているようだ。誤解ではあるものの、これまでずっと一緒に働いてきた彼の思い遣りが嬉しかった。

翔舞宮を出て、十日が過ぎた頃、珠月は次第に焦燥感に苛まれ始めた。

切実に待っているのは、ただ一人からの連絡だ。

だが、その相手からはさっぱり音沙汰がない。

忙しい紫冰は、もう自分のことなど忘れてしまったのかもしれない。不安が込み上げて、つい悪いことばかり考えてしまいそうになる。

（……ともかく、働こう）

気持ちを切り替えなくてはと、堂内のあちこちを無心で掃除して回る。

勝手知ったる神廟には男手が少ないので、力仕事や汚れ仕事を率先してやると皆から喜ばれた。せっかくだから、普段あまり目が行き届かないところを直しておこうと、捲れかけた掛け軸を貼り直したり、教本の切れかけた紐を新しく通したりと、修繕にもせっせと励む。

そうしているうち、仕事を探して廟内をうろうろする珠月を見かねたのか、晧燕が「暇なら巫女たちに琴を教えてもらえるか」と言ってくれた。

喜んで二つ返事で受け合い、五人ほど集まった巫女たちを前に、簡単なものを一曲、手本に弾いてみせる。譜の読み方から一つ一つを一生懸命に覚えようとする、まだあどけない巫女たちを見ていると、沈んでいた気持ちも紛れた。

（あれ……まただ……）

毎日琴の授業をするようになると、格子戸の向こうに、ちらちらとこちらを覗く影が見えることがあった。興味があるならおいでと誘ってやりたいのだが、そっと戸を開けても、不思議といつも誰もいないのだ。

そういえば、宝物庫で掃除をしているときも、時折、部屋の外から見ているような気配を感じることがあった。多くの巫女たちはどんどん話しかけてくるけれど、引っ込み思案な子もいるのかもしれない。しかし、いったい誰なのだろう。

（晧燕さまに頼んで、誰でも歓迎すると伝えてもらったから、そのうち勇気を出してくれたらいいのだけど……）

自分がここにいる間に、皆が何曲か弾けるまで仕上げたい。珠月は巫女たちの老師役として、琴の授業に励むことにした。


そんなある日のこと。

珠月は本堂脇の小部屋で、巫女たちに定例となった琴の授業をしていた。

ひょいと部屋を覗き込んだ皓燕が「ああ、ここにいたのか」と声をかけてきた。

「珠月、お前に客だ」

「えっ」

寮の部屋に通しておいたから、と言うと、忙しいのか、彼はさっさと戻っていってしまう。慌ててその背中に礼を言ったが、誰が来たのか訊ねる暇がなかった。

(誰だろう……)

心当たりが思い浮かばず、珠月は首を傾げた。

自分がここにいることを知っているのは、翔舞宮の者か、もしくは焔隼と雷淵、あとは天蔚くらいのものだ。神廟まで襲いに来る者はいないと思うけれど、念のため、他の者には珠月の居場所は伏せられているはずなのだが――。

謎に思いながら「じゃあ、続きはまた明日にしよう」と巫女たちに声をかけて、珠月は部屋を出る。ちょうど授業も終わる頃合いだったのが幸いだった。

「珠月老師(せんせい)、ありがとうございました!」と元気よく礼を言ってくれるのに微笑んでから、間借りしている寮の部屋に急いだ。


「――失礼いたします」

声をかけてから格子戸を開ける。

幸い個室だが、巫女たちが使う寮の空き部屋なので、室内には牀榻と文机しかない。その手狭な部屋の中に、地味な官吏の服を着た男が一人立っていた。

窓のほうを向いていた男が、ゆっくりとこちらを振り返る。

珠月は思わず息を呑んだ。

「し、しひょ……っ⁉」

そこにいたのは、なぜか官吏の服を身に着けた皇帝、紫冰だったのだ。

彼は口元に立てた人差し指を当てる。珠月は慌ててむぐっと自らの口を手で押さえる。扉を閉めてから、はーっと息を吐いた。

「し、紫冰さま……、どうしてここに……、その御召し物は……？　まさか、お一人でいらしたのですか……？」

動揺のあまり、続けざまに疑問を口にすると、「質問が多いな」と言って彼は苦笑した。

「まだお前を戻す準備は整わないが、日にちが経ってしまったから気になってな。皓燕に、お前と密かに会えるように仲介を頼んだんだ。それからこの服だが、さすがにいつもの格好では目立つから天蔚に用意させた。極力目立たないよう馬で来たから、一人だ」

一つ一つの質問に答えてくれてから、彼は珠月をじっと見た。

「どうしているかと思ったが、元気そうでよかった」

「げ、元気です、皓燕さまも、巫女たちも、皆良くしてくれて……、琳玉さまも、会いに来てくださって」

震える声で、そう言うだけでせいいっぱいだった。

「あの……祥丹国の件は、大丈夫でしたか？」

先日、騎獣に乗った軍人たちを見た。やはり祥丹国との国境付近で何か起きたようだと、夫から聞いた琳玉が教えてくれたのは、つい昨日のことだ。

珠月の問いかけに紫氷が「ああ」と頷く。

「祥丹国との国境近くで起きた山崩れの件だな。向こうよりこちらの首都のほうが近かったので、伺いを立て、早急に必要な薬や食料などの支援物資を送らせたんだ。あちらの国には飛べる騎獣が少ないので、負傷者を移送するのに何頭かの騎獣と、それに乗れる軍人も行かせた。不幸中の幸いで、被害は最小限に食い止められ、怪我人はすべて救出されたという知らせが届いている」

「そうですか、よかった」

その話を聞いて、何が起きたのか気にかかっていた珠月はホッとした。

ともかく平静を装おうとするが、まだ現実が呑み込めない。

(紫氷さまが、会いに来てくださった……)

いつも翔舞宮で、彼としていたような会話ができている。

そのことが、まるで夢のようだった。

放っておかれている、追い出されたまま、もう忘れられてしまったのかもしれない、といじけた気持ちになりかけていた。

けれど、それは自分の勝手な思い込みだった。

政務で忙しいはずの紫氷は、わざわざ官吏の服に身を包み、変装する手間をかけてまで、神廟にいる自分のもとまで会いに来てくれたのだ。

嬉しさで胸が熱くなり、視界が潤む。宮を出されてから様々に思い悩んだすべてのことが、彼の顔を見ただけでどこかへ消え去ってしまった。

「珠月？　どうした、何かつらいことでもあったか？　ああ、手が荒れているではないか。久し振りの神廟で、誰かに苛められたのか？　何があったのか話してくれ」

気遣うように眉根を寄せた彼が珠月の手に触れ、大切なものを扱うかのように撫でる。

慌てて首を横に振ると、珠月は溢れそうになる涙を堪えて笑顔を作った。

目の前に紫冰がいる。もうそれだけでじゅうぶんだ。

「いいえ、何もありません。ただ……紫冰さまにお会いできたことが、嬉しいのです」

困り顔の紫冰が「本当か？」と訊ねながら、そうだ、と言って卓の上に置いていた包みを取った。

開けてみろと言われ、おそるおそる布包みを開く。

「わあ……！」

漆(うるし)塗りに金箔が施された二段の入れ物の中には、見目も美しい菓子がぎっしりと詰められていた。

どれも、珠月の好物である甘いものだ。

「料理番に頼んで、お前の好きな菓子を作らせたんだ。姉上も差し入れをすると言っていたが、神廟ではそうそう甘いものは食べられないのではないかと気になってな」

そう言われて、紫冰の思い遣りに、珠月は胸がいっぱいになった。

「嬉しいです……ありがとうございます、紫冰さま。巫女たちと一緒に、大切にいただきます」

「喜んでもらえたなら何よりだ」と言って、彼は珠月の頰に手を触れさせる。

珠月は紫冰の手の熱さに驚いた。

彼に触れられるのは何日振りだろう。

熱くて大きなしっかりとした手に触れられると、じわ、と熱が移った。

冷えきっていた心が温まるような気さえして、珠月は頬に当てられた紫冰の手を、上から両手で包んだ。

少し気持ちが落ち着くと、紫冰がどこか困惑したような顔で珠月を見つめていることに気づく。珠月はハッとして、触れてくれた彼の手に頬ずりをしていた自分に慌てた。

臣下の身で、感情をあらわにしすぎてしまった。慌てて手を離して一歩後ろに下がる。

紫冰はゆっくりと自らの手を握り込んだ。

茶を運ばせようかと訊ねると、彼は首を横に振る。牀榻に座るよう勧めても、このままでいいと言われてしまう。

紫冰は立ったままで切り出した。

「今日来た理由の一つは、お前に話すべきことがあったからだ」

「なんでしょう？」

「この数日の間に、焔隼から言われたことも含めて、いろいろ考えた」

期待を込めて見つめるが、彼はどこか硬い表情になって言った。

「……お前がもし、雷淵のところに行きたければ……俺が話をつけてこよう」

予想もしていなかったことを言われ、珠月は衝撃を受けた。

きっと、翔舞宮にいつ戻れるかという話だろうと期待していたのに。

紫冰はこちらを見ないようにして続ける。

「もちろん、使用人としてではなく、きちんと伴侶として迎えるように言う」

「お、お待ちください、紫冰さま。私は、そんなことを望んではいません」

そう言うと、彼はじっと珠月を見つめた。

「俺ではなく、他の者の庇護下に入れば、命を狙われることもない」

「皇妃の座を希う方々から狙われることは覚悟のうえですし、宮から一歩も出られなくても構いません。私の望みは、これまで通り翔舞宮で働くことだけです。ですから、お許しくださるのであれば、どうか元通り、おそばに置いてください」

「俺から離れれば、もっとずっと自由に過ごせる。それに、雷淵なら……きっとお前を大事にしてくれるだろう。そもそも、お前は雷淵のことが――」

「他の方のところに行きたいと思ったことなど、一度もありません！」

わからず屋な紫冰に困惑して、珠月は必死の思いで訴えた。

ふいに、通路の外をぱたぱたと誰かが小走りする足音が聞こえてきて、珠月は我に返った。気安く接してくれているとはいえ、今の物言いは皇帝に対してあまりに礼を逸したものだったと青褪める。

「申し訳ございません」と珠月は慌てて膝を突こうとする。

「構わぬ、そのままで」

紫冰は一歩こちらに近づき、腕を摑んで立たせてくれる。

彼は、どこか窺うような目で珠月を見つめた。

「今一度訊ねるが……お前の心は、本当に雷淵のものではないのか」

「違います」

珠月はきっぱりと答えると、紫冰の瞳がかすかに輝いたような気がした。

「もし、俺のところに戻りたいのが恩義のためならば、もうこれまでの働きでじゅうぶんすぎるほどに返してもらった。それを気にする必要はない」

優しく言われたが、逆に突き放されたような思いがした。

どうしても気持ちをわかってくれない紫冰に、憤り交じりの悲しみが湧いてくる。会いに来てくれたときの嬉し涙とは違うもので、珠月の視界は歪んだ。

困り顔の彼が、そっと指先で涙を拭ってくれる。

「そんな顔をするな。いい加減に、俺の我慢も限界になる」

（我慢……？）

彼がどんな我慢をする必要があるというのか。

「焔隼に言われて、改めてお前の処遇を考えるために、いったん神廟に預けたが……お前のいない日々は、俺にとって耐え難いほどつらいものだった」

「え……？」

珠月は自らの耳を疑った。

「これまでは、我が物にできなくとも、ただそばに置けるだけでいいと満足していた。だが……離れていると、一日一日と渇望が高まってくる。お前に敵意や、あるいは興味を抱く、すべての者を排除してでも、再びお前を我が宮に置きたいと願ってしまいそうになる」

苦悩するように続ける彼に、珠月は目を瞬かせた。

紫冰は劉華国を統べる皇帝だ。望めば何もかもをすぐに差し出される。すべての官民は彼に首を垂れて跪き、死ねと言われた者は命を捧げるしかない。

——だから、もし彼が珠月を望むのなら、『欲しい』と、一言告げればいいだけのことなのに。

しかし紫冰は、戸惑う珠月をよそに苦しげな表情で言った。

「真面目なお前の忠義が、純粋な恩返しの気持ちだということくらいわかっている。それなのに、お前があまりにも献身的に尽くしてくれるから、そこに恩だけではない、俺への特別な想いがあればいいと望んでしまいそうになるんだ」

珠月はぽかんとしていた。

驚きのあまり、いつの間にか涙も止まっている。

——彼は、いったい何を言っているのだろう？

聞き間違いではないのなら、まるで、〝珠月の心が自分にあればいい〟と言っているように聞こえてしまう。

まだ目元を濡らしたまま呆然としている珠月を見て、紫冰は皮肉な笑みを浮かべた。

「皇帝とはやっかいな立場だ。お前に気持ちを訊ねようにも、訊くことそのものが命令になってしまう。礼儀正しく常識を弁えている者であればあるほどに、俺に逆らえないのだから」

自嘲するように言うと、一歩距離を詰めてきた彼が珠月の背中に腕を回す。

紫冰の顔は、これまでに見たどのときよりも真剣だった。

「無理だとは思うが、言っておく。これからすることに関して、俺は命じるつもりも、強要するつもりもない。お前が逃げても、拒んでも、決して罰を与えないと、水神と祖先の霊にかけて誓う」

わかったか？　と確認されて、珠月は慌ててこくりと頷く。

「……口付けを許せ」

一言だけぼそりと言うと、彼の手が珠月の頤を掴む。精悍な面立ちがずいと近づいてきて、え、と思ったときには、唇に、温かくて柔らかなものが押しつけられていた。

驚きで反射的に身を竦めると、逃げると思われたのか、背中を抱く腕に力が込められた。官服に包まれた彼の硬い体と、襦裙に包まれた珠月の細身の体が密着する。ほのかに紫冰が好む上質な香の匂いを感じて、彼の腕の中に捕らわれている現実をはっきりと実感する。

「う……っ、ん……っ」

紫冰は大きな手で珠月の顎を捕らえ、上向きにさせた唇を甘く啄む。

ふいに舌が入り込んできて、咥内を熱心に探られる。彼の舌が竦んだ珠月の舌を擦って搦め捕り、じゅっと音を立ててきつく吸い上げる。

分厚くて長い舌を喉のほうまで呑み込まされて苦しい。初めての激しい口付けと舌同士の濃密な触れ合いで、頭に血がのぼっていく。

わけがわからないながらも、珠月は彼のすることを拒まなかった。逆におずおずと紫冰の背に腕を回すと、大柄な体がびくりと震えた。

「ん、ン……っ！」

唐突に、感極まったかのように激しく唇を吸われ、珠月は彼の熱に溺れた。うまく呼吸ができなくて、苦しさに身を捩ると、気づいた紫冰がやっと口付けを解いてくれる。

必死で息を吸う珠月をひとときも離さずに抱き締めたまま、彼が訊いた。

「……嫌だったか」

問いかけに珠月はぶるぶると首を横に振る。嬉しそうに口の端を上げた彼が、もう一度、と囁いて、再び口付けてくる。今度は愛しげに、啄むように優しく唇を吸われた。そうしながら、項を支えるように回した手で敏感な皮膚（ひふ）をそっと撫でられる。

どれもたまらなく気持ちがよくて、珠月は全身が蕩（とろ）けてしまいそうになった。

何度か唇を離しながら、珠月が嫌がっていないかを確認するように彼が目を合わせる。安堵したみたいに微笑んで、紫冰は飽きずに唇を重ねてくる。珠月の頬を彼の吐息がかすめる。

甘く、愛情の籠もった接吻を繰り返され、火を灯されたかのように体が熱い。

ようやく彼が満足して唇が離れたときには、珠月は立っているのがやっとなほどになっていた。

どこかまだ夢見心地のままでいると、紫冰が不思議そうに目を覗き込んでくる。

「なぜ、そんなに驚いた顔をする？」

「これまで、紫冰さまは、その……こういったことが、お嫌なのだと思っておりました」

珠月は言葉を選びながら口を開いた。

「ああ、そうか。昔、俺がそう言ったからだな。『興味が湧かない』と」

彼が苦い顔で笑う。

紫冰は珠月と閨に入った最初の夜からずっと、手を繋いで眠ることしかしてこなかった。体を重ねるどころか、口付けすらもすることはなかったのだ。

珠月は、他者に触れることを嫌がる彼の事情を知ったうえで夜伽の相手となった。

だから、夜のお召しが続いたのは、自分なら、同衾しても何もする必要はないからだろうと思っていたのに――。

「誤解を正さねばならないな。あれは、違う。閨でのことが嫌だったのではない」

八年越しの口付けに混乱する珠月に、彼は説明してくれた。

「夜伽の儀式にお前が名乗りを上げてくれたときは、嬉しかった。だが、指南役には経験が必要だ。お前には無理だろうと思っていると、すでに閨をともにした相手がいるから大丈夫だと言い出して愕然とした。しかも、まさか俺の知らないうちに、雷淵のものになっていたとは……」

紫冰は眉根を顰め、あの頃の気持ちを吐露する。

「終わったことだと言われても、到底受け入れられなかった。お前を特別に好ましく思っていたからこそ……激しい嫉妬を感じて、触れることができなかったんだ。けれど、遠ざけることもできず、そばに置いておけるだけでいいと自分に言い聞かせていた……お前の心は、今もなお、雷淵のものだと思い込んでいたから」

紫冰は珠月の髪を優しく撫でた。

「心眼を持つせいで、視ようと思えば、お前の記憶を好きなだけ覗けてしまう。だが、雷淵を愛するお前の心は視たくなくて、触れることを恐れてきた……ひたすらに修練を極めた今は、もう心眼の力を閉じ、心を覗かずにお前に触れることができる」

紫冰は厳しい修練にも自ら望んで励んだことで、心眼を自在に操り、一時的に封じられるようになったようだ。あの修行はまさかそのためだったのかと、珠月は驚く。

「大怪我をして、言葉もわからないお前を初めて見つけてから、俺はずっとお前のことを気にかけてきた。見知らぬ場所で心細いだろうに、必死に生きようとするお前に、何不自由なく生きてきた俺は感銘を受け、勇気づけられたんだ。あの頃はまだ心眼を制御できず、視たくなくとも触れた者の記憶が流れ込んできた。人のどす黒い内面ばかりを視てすっかり人間不信に陥っていたが、記憶を失っていたお前の心だけは入り込んでこなくて、ホッとした。だから……最初は、お前のそばにいるのが楽なのは、そのせいだろうと思っていた」

思い出しながら話す彼は、少し遠い目をして続けた。

「しばらくして、俺は心眼を制御できるようになったが、不思議と、お前を特別に感じる気持ちに変わりはなかった。会いに行くたび、お前は拙い言葉で話しながらとても喜んでくれて、帰るときには寂しそうな顔をするから、たまらない気持ちになった」

紫氷がじっと目を見つめてくる。熱を持った視線から、彼の想いが痛いほどに伝わってきた。

「気づいたときにはもう、お前だけしか目に入らなかった。反対を押し切ってでもお前をそばに置き、我がものにしたいという欲望を抑え込むのに必死だったんだ」

ふと思い出したように彼は小さく笑い、「お前は、俺のことを不能だと思っていたのではないか？」と愉快そうに訊ねてきた。

「いえ……それは、その」

答えにくくて、珠月は思わず口籠もる。

「構わぬ。不本意ではあるが、そう思われていても仕方ない。お前以外は誰も閨に呼ばなかったのは、不能なわけでも、閨でのことを嫌悪しているというわけでもない」

紫氷が珠月の手を取り、指先に恭しいしぐさで口付ける。

「ただ、誰よりもお前が好きだっただけだ」

熱烈な告白に、珠月は頭がぼうっとするのを感じた。

「お前の心は他の者にあると思いながらも、どうしても諦めきれずにいた。お前以外の者には、一度ちでいっぱいだった。

珠月は目の前にある官服越しの彼の胸元にそっと触れる。想いを告げられても、まだ信じ難い気持

彼が自分をそばに置き続けながら、手を握る以上のことをせずにきた理由がやっとわかった。

「紫冰さま……」

たりとも触れたいと思わなかった」

「どうした？」

「あの……これは、本当に現実なのでしょうか……？」

愚かな質問だとわかっていたが、訊かずにはいられなかった。

じっと見上げると、目を細めた彼にまた優しく口を吸われた。珠月は彼の背中にぎくしゃくとした動きで腕を回す。

顔を離すと、珠月の背を抱いたまま、彼が目を覗き込んでくる。

「お前の気持ちを聞きたい」

「私は……」

珠月は一度言葉を呑み込み、それから正直な気持ちを伝えた。

「私は、ただ、紫冰さまのそばにいたくて……あなたのお役に立ちたくて……」

そう言うと、なぜか紫冰は苦しげに顔を歪める。珠月の顎を掬い上げ、自分のほうを向かせた。

「率直に訊く。身分のことも、今は忘れてくれ。お前は俺と雷淵、どちらが好きだ」

「紫冰さまです」

迷うことなく即答する。かすかに目を瞠った彼が、珠月の唇に唇を押しつけた。ひとしきり口付け

を続けてから、額が触れそうな距離で、「もう一度言ってくれ」と紫冰が乞う。

珠月は震えそうな唇を開いて、はっきりと言った。

「紫冰さまのことだけを、お慕いしています」


絡めた舌を吸われるちゅくっという音が、淫らに珠月の鼓膜を刺激する。

「ん……、ン……っ」

勇気を振り絞った珠月の告白は、紫冰が長年の間堪えてきた欲情に火を点けてしまったようだ。

想いを告げた珠月は、背中を壁に押しつけられ、顔を両手で包まれて、紫冰のかぶりつくような口付けを受けていた。

ほとんど真上を向かされ、今度はねっとりと舌をしゃぶられる。

体を密着され、壁と硬い体で押し潰すようにされると、下腹の辺りがじんじんと疼く。深い口接の合間に、下衣越しに下肢の間をいやらしく腿でまさぐられて、顔が真っ赤になるのを感じた。

「し、紫冰さま……いけません」

唇が離れるなり、珠月は小声で彼を窘めようとする。

「嫌か」

「嫌ではありません。ですが……ここでは」

声を潜めて言うと、彼はようやく、ここが神廟内にある寮の一室であることを思い出したらしい。

珠月から手を離した紫冰が、片方の指を口元に当てて何かを唱える。

一瞬、視界が揺らぎ、どうやら彼が結界を張ったようだとわかった。同時に、紫冰は「我が僕（しもべ）たちよ」と呟き、使役している小竜たちを呼び出す。見慣れた小竜のうち三匹が、紫冰の腹から姿を現した。背中の翼をぱたぱたさせる三匹に、紫冰は命じる。

「もし誰かこの部屋に来ても、中には入れるな」

小さな三匹の竜たちは、御意の思いを示すみたいにぺこりと頭を下げ、拱手の真似事をする。揃ってちらりと珠月を見ると、三匹は尻尾をふるふると振りながら部屋の外に飛び出ていった。

「これで、声を出しても聞こえない。誰も入ってきたりしない。二人きりだ」

いいな？　と確認されて、拒む理由はもう思い当たらなかった。はい、と頷きながら、珠月は顔が赤くなるのを感じる。

紫冰は急いたしぐさで、腹のところで結んでいる珠月の腰紐を解く。下衣を下ろされて襦裙の前を開けられると、中のものが中衣越しのそこをわずかに押し上げているのが見えた。

「お前も昂（たかぶ）っていたのだな」

感慨深げに言う彼に、ぐっしょりと濡れた布ごと昂りを握られ、珠月は息を呑んだ。

「あ、あっ、そんな、だ、駄目です……っ」

驚きで、反射的に腰を捩る。経験がなくとも、男の身でどこを使って繋がるかくらいは知っている。それなのに、まさか、彼が自分の昂りに触れてくるとは思わずに狼狽えた。

「逃げるな」と言われて、あらがいをあっさり押さえ込まれ、中衣の前を開けられる。すでに上を向いた珠月の小振りな性器があらわになった。

「……お前の肌は白くて美しいな。ここも、初々（ういうい）しい桃のように綺麗な色だ」

手で包んでそこを可愛がるみたいに撫で回しながら、彼が珠月の体を眺めて感嘆するように言う。どうしようもない恥ずかしさで身を捩ると、背後から腕を回してきた彼に抱き込まれた。紫氷は後ろから覗き込むようにして、珠月のこめかみや頬に口付けてくる。

大きな手に扱かれると、先端の孔からじわっと蜜が溢れ出す。

「あ、あぁっ」

恥じらって身を硬くしながら、珠月は快感を堪えようとした。

彼は中衣に手を潜り込ませ、かすかに汗の滲んだ珠月の肌をまさぐる。それと同時に、もう一方の手でくちゅくちゅと濡れた音を立てながら、そこを淫らに扱いてくるのだ。

「あっ、は、ぅ……っ」

刺激の強さに、反射的に珠月が腰を引いて逃げようにも、背後から抱き竦められていて逃げられない。

「……そんなにいいのか？」

笑みを含んだ声で紫氷が耳元に囁きを吹き込む。くすぐったさ交じりの快感に、珠月はぶるっと身を震わせた。

自分が垂らしたものの滑りを使い、熱くなった性器を彼に弄られている。恐ろしいまでのその刺激だけでも、もう限界だった。

「も、もう、手をお離しに……っ」

「いいから、構わずに出せ」

耳朶を食まれ、硬い指先で敏感な先端を擦られる、手を離してもらおうとすれば、いっそう強い刺激を与えられて、もはや我慢のしようもなかった。

「あ、あ……ぅっ」

びくびくと体が震えて頭の中が真っ白になり、全身が強張る。信じ難いことに、珠月は彼の手の中に蜜を零してしまっていた。

（……どうしよう、紫氷さまの手を汚してしまった……）

泣きそうな気持ちのまま、彼の手で最後の一滴まで優しく搾り出される。羞恥といたたまれなさに塗れながら、壁に手を突き、頽れそうな体をどうにか支えた。

ふいに肩を摑まれたかと思うと、ぐるりと体を反転されて、紫氷のほうを向かされる。彼は興奮を滲ませた目をして背中を壁に預けた珠月を見据える。

「ん……ぅ、ん」

達してまだ苦しい息を繰り返す唇を、彼が強引に奪う。

唇が離れてから、ふと見ると、衣服を乱していない紫氷の前もまた昂っていることに気づいた。

「わ、私も、いたします」と言って、珠月はおずおずとそこに触れようとしたが、その手を摑んで阻まれた。

「しなくていい。お前の気持ちは嬉しいが、奉仕させるより俺が触りたい。雷淵とのときはどうだったのか知らないが……」

彼の言葉に、珠月は固まる。

ややあって、そうか、と気づく。紫氷にはまだ、雷淵との関係は偽りだという真実は伏せたままなのだ。

今更真実を告げて信じてもらえるだろうかと悩んだが、紫氷の気持ちが自分にあるとわかった以上、隠し続けるのは不誠実なことだろう。

勇気を振り絞り、思い切って口を開く。

「あ、あの……紫冰さま。お伝えしなくてはならないことがあるのです」

「なんだ？」

珠月の頬を、彼が優しく撫でて促す。

実は……と躊躇いながら、珠月は切り出した。


珠月は、皇太子だった彼の夜伽相手となるために、雷淵に自分を抱いたことにしてほしいと頼み込んだ事情を打ち明けた。

最初は怪訝そうに聞いていた紫冰は、説明を続けるうち、みるみる眉根を寄せて険しい顔になった。

「……ちょっと待て。わけがわからない。お前が雷淵と床をともにしたというのは、偽りだったと？　二人して俺を謀(たばか)っていたということか」

「ほ、本当に申し訳ありません。雷淵さまに咎はございません。他にお願いできる方が思い当たらず、私が雷淵さまにそういうことにしてほしいとお願いしたのです」

彼は珠月の頭の脇に手を突くと、混乱した目で問い質してくる。

「なぜそこまでして、俺の夜伽の手ほどき相手に？」

「それしか方法がなくて……どうしても、紫冰さまのお役に立ちたかったのです」

珠月は悄然(しょうぜん)として答える。

改めて考えてみても、確かに無茶苦茶なやり方だった。

もしかしたら自分は、あの頃からもう、彼の特別な相手になりたいという愚かな願いを抱いていたのかもしれない。

こんなに長い間偽られ続けていたのだから、彼が怒るのももっともだ。

いたたまれない思いで、珠月が中衣の前を掻き合わせると、その手を摑んで紫冰が顔を近づけてきた。

「……では、本当はお前には閨での経験がなかったということか」

「は、はい」

珠月の顔のそばの壁に手を突いている紫冰の腕に、ぎゅっと力が込められるのがわかった。

「ならば俺は……お前の、初めての男になれるということだな？」

確認されて、顔から火が出るような思いだった。

答えないわけにはいかず、珠月ははい、と言ってぎこちなく頷く。

それから、口付けも、もちろん手淫をされるのも先ほどのことが初めてだったと白状させられてしまう。

「ああ……なんということか！」

苦しげにぼやいた彼の手が素早く背中に回ってきて、痛いくらいに強く抱き締められる。

逞しい腕に抱かれながら仰のかされると、深い口付けが降ってきた。紫冰はもどかしげな動きで珠月の咥内に舌を捻じ込み、きつく舌を吸う。

「ん……っ、ん、う……っ」

ぴったりと密着した彼の衣服越しにも硬い昂りが、薄い中衣だけを身に着けた珠月の臍の辺りに押しつけられる。頭がくらくらするほど激しい口付けに、珠月は翻弄された。

「腹立たしさがないわけではないが、偽ったのが俺のためであると言われれば、許さないわけにはいかないな」

複雑そうに言いながら、紫冰がまた珠月の唇を吸う。

「雷淵さまに罰を与えたりなどしないでくださいますか……？」

ああ、と彼が頷くのを見て、珠月は安堵で胸を撫で下ろした。

「将軍位から降格するつもりはないが、奴には文句の一つくらいは言わせてもらおう」

苦笑した紫冰が、珠月の中衣を再び開く。

首筋に何度も口付けながら、大きな手で胸元を撫でられる。探り当てた乳首を指先で摘まれて、珠月の体がびくっとなった。

「口付けたときも、弄ってやったときも、なんと初々しい反応なのかとは思っていたんだが……まさか、本当に初めてだったとは」

「あっ、んっ」

彼は珠月の乳首を捏ねながら、中衣を下ろしてあらわにさせた肩先に口付ける。

「なぜ疑いもしなかったのだろうな。言われてみれば、お前に経験がないことは明らかなのに」

不思議そうに言われて、珠月は羞恥のあまりどうしていいのかわからなくなった。

「そこまでして俺に尽くそうとするとは……まったく、お前には敵わないな」

そう言うと、紫冰は珠月の背中と膝裏に手を回して抱え上げた。数歩歩き、すぐそばにある小さな牀榻の上にそっと寝かされる。

彼は自らの襦裙をくつろげて、下衣の前を下げ、性器を取り出した。

仰向けの珠月は目を瞬かせる。紫冰のものは、雅やかで品のある顔立ちからは想像しえないほどの大きさだ。

自分のすんなりとした小さめなものとは、色もかたちもまったく違って、濃い色に充血し、先端の膨らみがくっきりと張り出している。この差は、自分が異世界人だからなのか、それとも……と考えていると、紫冰が呆然としている珠月の脚を開かせ、その間に膝を突く。

「こんなに昂ったのは初めてだ。お前があまりに可愛い声を出すから……こうなってしまった」

珠月を見下ろしながら、彼は苦笑して自らのものを掴むと、ゆるゆると扱く。

太い茎には血管が浮き立ち、先端のくぼみからぷくりと雫が零れる。伸しかかってきた紫冰が、それを珠月の臍の辺りに擦りつけるようにして、ゆっくりと動かし始めた。

目が離せずにいると、先ほど達した自分のものも再び頭をもたげてしまっているのに気づく。

(……一度出したのに、なぜ……⁉)

恥ずかしすぎて、珠月は思わず顔を手で覆う。

「ああ、可愛らしいな。お前もまた勃たせているのか」

「あ……っ」

嬉しそうに言う彼が、薄い腹に向かって勃ち上がった性器を撫でる。珠月は刺激にびくっと肩を揺らした。

視界を覆っても無駄だった。紫冰は珠月の腰をしっかりと掴むと、二人の性器を重ねて、滴りごと擦りつけるように動かし始めたのだ。

「ひゃ……っ⁉　し、紫冰さま……っ」

彼は自らの硬く引き締まった下腹と、珠月の薄い腹で、棍棒のように滾った彼の昂りとその半分ほどの大きさの自分のものを挟むようにする。

そのまま腰を動かされて、珠月は肌と性器とで、熱い彼の昂りを直接感じさせられた。

「あ、ぅ……っ」

二人が溢れさせた蜜がぬちゅっ、くちゅっという淫靡な水音を立てている。触れているところから痺れるような快感が広がる。

まったく違う二人の性器が重なり、強く擦れ合うのは、たまらないほどの刺激だった。

「はぁ、あ、あ……ぅっ」

淫らさにまだついていけていない心とは裏腹に、珠月の体はどんどん熱くなっていく。

顔や首に唇で吸い付かれるたびに、恥ずかしいほど甘い声が漏れてしまうのが止められない。ありえない自分自身の反応に混乱して、どうしていいかわからなくなる。

「珠月、顔を見せてくれ」

荒い息を吐きながら、顔を覆う珠月の手に何度も口付け、紫冰が乞う。

「どうか、お許しください」

ふるふると首を横に振って拒むと、紫冰の手がぐっと珠月の腰を引き寄せた。二人の腰が密着して、よりいっそう彼の猛々しい昂りのかたちを感じる。身を捩ろうとしても果たせない。

ついに顔を覆っていた手を摑んで外されると、紫冰の目とぶつかった。

彼は怖いくらいに真剣な眼差しで珠月を射貫いている。

「俺が、どのくらいお前を求めているかわかるか……？」

腰を動かして珠月を追い詰めながら、紫冰が熱を込めた声で囁く。

荒い息でまた口付けられ、腹に焼けそうなほどに熱くなった雄の槍を強く押し付けられる。

「八歳の頃から想い続けてきた。これ以上は我慢できない……一刻も早く、お前が欲しい」

珠月は小さく何度も頷く。それは、二人ともの願いだ。自分だって彼のものにしてもらいたいと願ってきたのだから。

「わ、私も、です」

かすかな声で告げると、彼が驚いたように目を瞠る。

ふいに、密着している体が強張った。

「……っ」

薄い珠月の腹に叩きつけるように、びゅくびゅくと熱いものが迸る。

大量の蜜をかけられ、珠月の性器も紫冰が吐き出した白濁でねっとりと濡れた。

筋肉がついて引き締まった胸や腹を大きく喘がせながら、彼が珠月の昂りを握り込む。

「あっ」

数度、彼の蜜を纏わせた手で滑らかに扱かれる。それだけで、珠月は再び呆気なく上り詰めてしまった。

「あ、あぅ……、んっ」

淫らさに眩暈がして熱い息を吐く。

薄くなった蜜を絞り出されて、珠月はぶるっと身を震わせる。

口付けをして互いに出しただけだというのに、二度も出したせいか、体のどこにも力が入らない。

「……早く、お前を俺だけのものにしたい」

熱を秘めた声で囁きながら、紫氷が珠月の顔中に口付けてくる。

彼の腕にしっかりと抱き締められて、珠月は頭がぼうっとするのを感じた。

(これは、夢かもしれない……)

強く願いすぎて、愛しい人が会いに来てくれる白昼夢だ。

そんなふうに思いたくなるほど、今起きた出来事が信じられないまま、珠月は紫氷の熱を感じていた。

＊

紫氷が帰っていき、翌朝目が覚めても、珠月はまだどこか夢を見ているような気持ちだった。

想いを確かめ合い、珠月に触れてさんざん喘がせたあとで、彼は告げた。

「万事整えてから、また迎えに来る」

これから先も、珠月とずっとともに暮らせるように手を回す。

だから、それまでの間は、安全なこの神廟で待っていてほしい、と言われて、珠月は何度も頷いた。

「約束の証しを渡しておこう」

そう言って、紫氷が何か呪文を唱えると、その手の中に見事な細工が施された銀色の腕輪が現れた。

妖力が込められているのか、ぶかぶかだったはずの腕輪を嵌めると、不思議なことにぴったりと珠月の手首に密着する。こんな高価そうなものをと戸惑ったが、「俺の気持ちをかたちにして渡しておきたいんだ。どうか身に着けていてくれ」と強く頼まれて返せなくなった。

「わかりました。ありがとうございます、紫冰さま」

迷ったけれど、これが紫冰の気持ちだと思うと嬉しくて、大事に嵌めておくことにした。

「それから、こいつらを置いていこう。ささやかな警護代わりだ」

紫冰は小竜を二匹呼び出す。嬉々として出てきたその目の色を見ると、どうやら紅紅と冥冥のようだ。

「ですが、この子たちを置いていっては、紫冰さまがお困りになるのでは……」

「何も困りはしない。まあ、特に役には立たないが、何か起きたとき助けを呼ぶことくらいはできる」

紫冰の言葉がわかる二匹は、ぽかぽかと小さな手で主人を叩いて抗議しているようだ。

実は珠月を預けたあと、紫冰は小竜たちを警護がてら、時折神廟に行かせていたそうだ。なかなか帰ってこないときは、珠月が琴を教えている授業の音色にこっそり聴き入っていたらしい。たまに格子戸の向こうで誰か聞いている気配があったのはこの子たちだったのかと腑に落ちた。美しい音色が大好きな小竜たちなら、神廟の居候暮らしも楽しめるかもしれない。

大切にお預かりします、と言って、珠月は二匹を借りることにした。

何度も名残惜しそうに珠月を抱き締め、数えきれないほど口付けてから、紫冰は神廟をあとにした。

日が暮れてからも、何度も今日の出来事が現実かを確かめ、珠月は腕輪を眺めてしまう。

預かった二匹はずっと珠月について回っていたが、疲れたのか、今は牀榻でくっつき合って大人しく眠っている。

(本当に、紫冰さまは来てくださったんだ……)

それまでの日々と何も変わらないはずなのに、足元がふわふわしている。

紫冰がお忍びで会いに来てくれたことも、伝えられた言葉も、とても現実とは思えない。

珠月は彼の言葉を思い返しては、腕輪と小竜たちを確認しながらときを過ごした。

それから一週間ほど経った頃、紫冰からの使者が手紙を届けにやってきた。

そこには、紫冰の直筆で『明日迎えに行く』と書かれている。珠月は天にも昇る心地になった。

皓燕に明日戻ることを伝えると、彼はニヤリと笑って言った。

「どうせ、すぐに迎えが来ると思っていた」

その日は、料理番の計らいで、神廟の夕食に少し贅沢なものが用意された。すっかり懐いてくれた巫女たちも、珠月が戻ると知るとざわめき、「珠月老師、帰らないで」「まだ教えてもらっていない曲があります」と、半泣きで引き留めようとしてくれる。必死に帰らないでと訴える彼女たちに、珠月もつい涙ぐんだ。

「また必ず会いに来るから、そのときまでに琴を練習しておいて。次に聴かせてもらうのを楽しみにしているからね」と巫女たちと固く約束する。

食事を終え、身の回りの物を纏め終えた珠月は、琴の練習をする際の要点を書き止め始めた。

演奏の腕前が上達すれば、様々な祭礼に呼ばれることも多くなる。

この国では神職の者は位が高い。運が良ければ、宮城で貴族や軍人に見初（みそ）められ、邸宅に迎えられることもある。演奏の腕を磨くだけで、神廟で一生を終える以外の道が開けるのだ。

珠月が教本作りに励んでいると、部屋に皓燕がやってきた。

「戻る準備はもう済んだのか」

「はい、突然やってきてすみません、しばらくの間、お世話になりました」

深々と頭を下げた珠月を、皓燕は呆れ顔で見る。

「そんなに嬉しいのか？　翔舞宮はよほど居心地がいいようだな」

「もうずいぶん馴染みましたので」

戻れる嬉しさで珠月は照れながら言う。皓燕はなぜか難しい顔になった。

「喜びに水を差すようだが、不穏な予兆を感じたので、お前のこれからを占った」

「占いを……？」

皓燕がその場に腰を下ろす。慌てて珠月が居住まいを正して座る。辺りをうろうろしていた小竜たちが、それぞれぴょんと珠月の両肩に止まる。

興味深げな小竜たちと、緊張の面持ちの珠月が見つめる中、皓燕は目を伏せて言った。

「――嵐が迫っている」

（嵐……）

思いがけない言葉に、珠月の心臓はぎゅっと縮み上がった。

紫氷の宮に戻る前に告げられると、動揺せざるを得ない言葉だ。

「悪意に満ちた者がお前に近づこうとしている。光を信じて、決して道を誤るな」

そう言うと、皓燕は珠月の腕に嵌まった分不相応な腕輪をじっと見る。それから、小竜たちを見ると、懐から何やら小さな守り袋を出す。

「これを持っておけ」と言って珠月にくれた。

小さな袋の中を覗くと、何やら白くてころんとした小石がいくつか入っている。

ふと気づくと、紅紅と冥冥は皓燕のところにぱたぱたと飛んでいき、顎の下を撫でられている。

「またいつでも来るといい」と言うけれど、それは珠月ではなく、小竜たちに向けて言っているようだ。珍しく目を細めている皓燕は、どうやら意外なことに小竜たちが好きらしい
「ありがとうございます、皓燕さま」

二匹を珠月に返し、部屋を出ていく彼の背中に慌てて礼を言う。

まだ遊んでほしかったのか、紅紅たちは名残惜しそうに扉の辺りをうろうろしている。

告げられた言葉で、珠月の胸に言い知れぬ不安が過った。


「珠月、元気そうで何よりだ」

翌日の迎えの時間には、なぜか雷淵がやってきて珠月は驚いた。

訊けば、先ほど、紫冰から直々に珠月の迎えを頼まれたのだという。一瞬、まさか雷淵のところにやられるのかと不安になったが、送り届ける先が翔舞宮だと知って、珠月はホッとした。

更に、劉華国禁軍の軍人で雷淵直属の部下も二人同行している。何度か翔舞宮に出入りしているので、彼らの顔は珠月も見たことがある。

皆に挨拶がしたかったけれど、ちょうど本堂に信徒たちがやってくる時間で、皓燕や巫女たちは本殿に詰めてそちらにかかりきりのようだ。

雷淵たちを待たせるわけにもいかず、やむなく下女に皓燕たちへの文を託し、珠月は雷淵たちとともに小舟に乗り込む。

小舟が動き出す直前「よかったな」と囁かれて、雷淵を振り返る。穏やかな笑みを浮かべた彼は、紫冰から珠月とのことを聞いたのかもしれない。

彼が助けてくれなければ、珠月は紫冰の夜伽の相手にはなれなかった。紫冰は望まない相手との閨を強いられて荒れていたかもしれない。紫冰と想いが通じ合ってから振り返ると、様々な意味で、雷淵は二人の恩人だった。

「雷淵さまのおかげです」と言って、珠月は彼に頭を下げる。苦笑して彼は首を横に振る。感謝の気持ちを噛み締めながら、珠月は小舟に揺られて翔舞宮に戻った。

「おかえりなさい、珠月！」

久し振りの宮では、門の向こうに香菱も、明蘭も、それからなぜか宮の使用人たちまでもが出てきている。想定外の光景に珠月は目を瞬かせた。

「な、何かあったのですか？」

「もちろんお前の迎えだよ。皆待っていたんだぞ？」

珍しく満面に笑みを浮かべた康が言う。他の使用人や門番たちも、口々にお帰りなさいと言ってくれる。宮の者たちが揃って出迎えてくれたようだ。皆からの大歓迎を受け、珠月は嬉しい驚きに胸がいっぱいになった。

珠月を宮の前で下ろした雷淵は「では、俺は宮城に戻る」と言って、警護のために軍人の一人を残し、小舟で去っていく。礼を言って彼を見送ってから、珠月は皆に向き直った。

「突然留守にしてすみません、ただ今戻りました」

皆と言葉を交わすうち、人々の中に紫冰の側近官である天蔚の顔を見つけて、ぽかんとなる。

「珠月、待ちくたびれましたよ」

天蔚はそう言って苦笑いを浮かべる。

なぜ、彼がここにいるのだろう。天蔚は宮城に詰めて、政務を担当する側近官として忙しくしている身なのに。

「す、すみません……あの、天蔚さまがこちらにおられるとは、もしかして、宮城で何かあったのですか……？」

珠月はおそるおそる天蔚に訊ねてみる。

「実は、あなたのいない間の毒見係は、私が担当していたんです」

「ええ……っ⁉」

考えもしない人選だった。

代理の毒見係は、侍女のうちの誰かから選ぶものだとばかり思っていたのに。

それ以外にも、天蔚は珠月を早く戻してほしいと訴える康たちを宥め、その不在を埋める役割を紫氷から任されていたそうだ。しかも、珠月がそばにいないせいか、紫氷もぴりぴりしていたという。

勝手の違う宮に留め置かれて、あれこれと普段とは違う仕事をさせられてと、天蔚はずいぶんと大変な目に遭ったらしい。

「そ、それは申し訳ないことをしました」

珠月自身が望んだ不在ではなかったものの、彼が迷惑をこうむった間接的な原因は自分だ。

天蔚も今回のことは不可抗力だとわかっているのか、珠月を責めることはなかった。

翔舞宮に入ると、建物の中はちり一つなく磨き上げられ、すべてがいつも通りに整えられている。

珠月がいない間、奮闘する康たちに加えて、きっとぶつぶつ言いながら天蔚も皆に全面的に協力してくれたのだろう。

「宮城に戻れば仕事が山積みなのですが、あいにく、陛下のお戻りまでここにいるように命じられておりますので」

天蔚はこれから、使用人用の食堂に茶を飲みに行くと言う。

宮の中の人間関係が手っ取り早く把握でき、使用人たちの忖度ない意見も聞けるので、これまで彼は、食事も茶も自分に宛てがわれた個室に運ばせずに食堂でとっていたそうだ。冷ややかで一見人を寄せつけない性格に思えるが、さすが有能な側近官だけあるな、と珠月は心の中で納得する。

「あなたもいかがですか？」と声をかけられて、意外な誘いに珠月は目を丸くした。

「も、申し訳ありません、私は仕事をしなくては」

すると、康が苦笑して「今日はもう仕事はいいから」と言った。

「陛下が戻られるまで、お前が天蔚どののお相手をしていなさい」と続けて言われ、行きましょうと天蔚に促される。珠月は恐縮しつつも彼と二人で茶を飲むことになった。

食堂の卓に向かい合って座り、珠月が淹れた温かい茶と料理番が出してくれた茶菓子を味わう。しばらくして天蔚がぽつりと口を開いた。

「――突然神廟に行かされて、あなたも驚いたでしょう」

「ええ。ですが、紫冰さまのご命令でしたので」

泣いて縋りかけたことは伏せて答えると、天蔚は頷く。

「……紫冰さまが、あなたを遠ざけなければならなかった理由を知りたくはないですか？」

突然の問いかけに、珠月は首を傾げた。

自分が神廟に行かされたのは、紫冰が焔隼から『珠月の先々のことを考えてやれ』と指摘された件がきっかけだった。更には、妃の座を狙う者たちから今後はよりいっそう標的にされるであろう珠月の身を、紫冰が深く憂慮した。

その二つが理由ではなかったのだろうか。

「どんな理由だったのでしょう」

怪訝に思いながらも珠月は訊ねる。

「きっとあなたの耳には入ってはいないと思いますが……実は、琳玉公主さまの誕生祝いの宴以降、朝廷ではいろいろと問題が起きていたのです」

(問題……？)

「いったい、どのような問題ですか？」

怪訝に思って訊ねると、天蔚はにわかに険しい顔になった。

彼が話してくれたのは、珠月がまったく知らずにいた出来事だった。

――琳玉の誕生祝いの宴の日。

趙の提案で、彼の娘と珠月がそれぞれ一曲ずつ祝いの演奏を捧げたあとのことだ。

初めて多くの人の前に姿を現し、琴を弾いた珠月の話題は、翌日の朝廷に列席した高級官吏たちの間でもちきりとなった。

だが、目を奪うほどの美貌と、巧みな演奏を褒めちぎる者に水を差すように、どこからともなく、『やはりあの者はただ人ではない。なんらかの邪の力を感じる』と畏怖する意見が上がった。

すると、口々に、そう言われてみれば、と加勢する者が出てきて、朝廷は混乱に陥った。

最終的に、あろうことか、一つの懸念が大臣たちの間で再燃したのだという。

『異世界人の珠月は、やはり前皇帝の死に関与していたのではないか』――と。

珠月が劉華国に突然現れたのとほぼ同時に、前皇帝が亡くなった。

あのときは、紫冰が彼を保護下に置き、手出しは無用だと宣言したために、誰もが渋々とでもその存在を受け入れるしかなかった。

だが、今また珠月が、今度は現皇帝の結婚の妨げとなっているなら。やはり、彼は劉華国に仇なすためにやってきた災いと断定する他はない。

声高に懸念を表明する者に、何割かが同調した。強く反論する者との間で言い争いになり、朝廷は荒れに荒れたらしい。

「宴の翌日の朝廷には、珍しく、紫冰さまが少し遅れていらっしゃったのです。そのことも、彼らが好き放題に発言する隙を与えてしまった理由のひとつでしょう」

苦い顔の天蔚はため息交じりに言う。

皇帝不在の間に、大臣たちが出した結論は、『やはり、異世界人を皇帝のそばに置くべきではない』というものだった。

国外追放まではいかなくとも、翔舞宮で働かせ、皇帝の閨に侍らせるなどもってのほかだと。

しかし、宮城に着くなり、大臣たちからその報告を受けた紫冰は激昂した。

彼は珠月を排除することに賛成した者たちを呼び、話を聞き出した。珠月は決して国に害など及ぼさないと説明しても納得しない者には、珠月を手放さなければならない根拠を言えと求めた。

そのとき紫冰は、なぜか珠月が前皇帝を殺害したと確信している者たちがいることに気づいたらしい。

そこで、彼らの記憶を『心眼』を使って暴いたというのだ。

その話を聞いて、珠月は青褪めた。

「朝廷で、心眼を……？」

ええ、と眉を顰めて天蔚が頷く。

「ですが、陛下のお気持ちもわからないでもありません。確かに一部の者は、狂信的にあなたの罪を信じ込んでいたようでしたので」

しかし、紫冰がその力を使って事実を確認せんとすると、逃げるように席を立つ者が数人いた。紫冰は護衛兵に命じて彼らを捕らえさせ、強引に彼らの記憶を視た。

珠月が劉華国に現れてからもう十年以上、彼は一度も大きな問題など起こしていない。それなのに、なぜ今更、珠月に牙（きば）を剝（む）こうとするのか、その理由を知るために。

その結果、心眼から逃れようとしたうちの二人は『異世界人の珠月は、劉華国に仇なすためにやってきた邪悪な存在である』とする差し出し人不明の文を受け取っていた。

調べると、文を受け取った者たちが主導し、朝廷で珠月を追放する結論へと導こうとしていたことがわかった。

紫冰は彼らに、当分の間の謹慎処分を下したそうだ。

呆然として話を聞く珠月に、天蔚は憂い顔で続けた。

「その文には、紫冰さまの心眼をもってしても、あなたが劉華国にやってくるまでの記憶を覗くことはできなかったということを根拠に、なんらかの特別な呪いがかけられて、この国に送り込まれた刺客であると結論付けて書かれていたそうです。文を受け取った二人は、宴で琴を弾いたあなたの尋常ではない美しさから、『珠月こそが前皇帝を弑し、現皇帝を惑わせて、劉華国を滅ぼそうとしている存在である』という与太話をすっかり信じ込んでしまったとか……」

やれやれといわんばかりに肩を竦めると、気を取り直したように天蔚は珠月に目を向けた。

「ですが彼らは、今や皇帝の心眼に萎縮しています。自分自身の身に使われたことで、こんなにも偉大な力を持つ劉華国皇帝が籠絡されるなどあり得ないと、すっかり心を入れ替えて、あなたがすべての黒幕だったという話を信じたことを反省してるようです」

「そうだったんですか……」

「おそらく犯人は、朝廷に参加できる立場にある貴族の中から、信心深くて流されやすいたちの者を選んで操ろうとしたのでしょう」

事の顚末を聞きながら、あまりのことに珠月は戸惑っていた。

今現在の話である紫冰とのことはともかく、いまだに前皇帝を殺害した犯人のように言われるのは、さすがに無茶で心外な話だ。

（……しかも、そのせいで、紫冰さまが、大臣に対して心眼を使うことになったなんて……）

結果として、自分のために、周囲の者からの負の感情を紫冰に背負わせてしまった。

そのことで、彼と大臣たちとの間に溝が生まれたらと思うと、申し訳なさでいたたまれない気持ちになる。

「紫冰さまはあなたに伏せておくつもりだったようですが、もし皇帝の庇護下になければ、あなたは大臣たちの手で追放されるか、場合によっては処刑されていた可能性だってあります。警戒のためにも、悪意のある者がいるという状況は知っておいたほうがいいでしょう」

そう言われて、天蔚が珍しく、自分と話す時間を設けてくれた理由がようやくわかった。

紫冰のほうは、珠月が気に病まないようにと伏せてくれたのだろう。どちらの気持ちもありがたいものだった。

「ありがとうございます、天蔚さま」

「礼には及びません。あの文を誰が出したのかは、今詳しく気配を追って調べさせているところです。わかり次第、あなたにもお伝えしますから」

珠月はもう一度彼に礼を言ってから、ふと目を伏せた。

「そんな顔をなさらないでください。あなたの戻りに際して、この宮の警戒はいっそう強化させていますので」

元気づけようとしてくれる彼を見て、珠月は首を横に振った。

「自分の身が不安なわけではないのです。ただ……紫冰さまが、朝廷で孤立してしまったらと、心配になって」

以前、琳玉から聞いたことがあった。

紫冰は、これまで劉家一族に出た中でも最も強い心眼の力を持っているらしい。やろうと思えば、彼は過去から現在に至るまで、すべての記憶を暴くことができる、と。

もちろん、最側近である天蔚はその力のことを知っている。他にも、朝廷に席を与えられた高級官吏であれば当然知り得ることだ。だが、まだ実際に公の場で彼から記憶を探られた者は、これまではいなかった。類い稀な異能力があるという噂だけが密かに知られていたのだ。

今回、そんな文さえ送られなければ――。

珠月の懸念を聞き、天蔚は難しい顔で腕組みをした。

「陛下は賢明で、そう安易に記憶を視ようなどとはなさらずにきました。今、後ろ暗いものがある者にとって、紫冰さまは誰よりも近づきたくない存在でしょう」

天蔚は息を吐いて顎に手を当てる。

「知られたくない罪を抱えた官吏などは、罪を暴かれる前に、心眼を持つ紫冰さまには消えてもらいたくて仕方ないはずです。しかし、皇帝の命はそう簡単に奪えるものではない……」

彼はそう言ってから、珠月をじっと見据えた。

「失礼を承知で言わせていただくと、その彼のそばに、あなたのような異質な存在がいるのです。明らかな弱点を突こうとするのは当然の心理でしょう。ですから、これまでこの宮の中だけで大人しく働いていてくれたことは、揉め事を避け、身の安全を守るためにも、大変賢明な行動だったと思います」

意外なことを褒められて面食らう。紫冰に命じられたものだったが、珠月は翔舞宮の外に出ずに暮らす日々を退屈だなどと思ったことはない。

むしろ紫冰が戻ってくる場所で働けることに、いつも幸福を感じていた。

「ですが……先日の宴で、あなたは大勢の人の目に晒されてしまいましたからね。あなたがもっと目立たない存在であればよかったのですが……琴の才能に非凡で、このように際立って美しい容姿を持っているとなれば、もう翔舞宮の中だけに隠しておくことは困難でしょう」

天蔚は難しい顔になって続ける。

「紫冰さまは、今後あなたをどう守るか、安全策をいくつも考えておられました。もう毒見係をさせるなどもってのほかです。別の宮を与えて強固な警護をつけるのか、それともこのままここで囲って隠しながら守り続けるのか。おそらくは、まだ悩んでおられると思います」

「――私は、どのような処遇であっても構いません」

珠月は迷わず答えた。できることなら毒見を続けて、彼の支えになりたかったが、せめても邪魔にならないように行動したい。

「私の処遇など二の次で構いません。紫冰さまのおそばでお仕えできれば、それだけでじゅうぶんですから」

決意して言うと、天蔚が一瞬目を丸くしてから、フッと笑った。

珠月は思わず目を瞬かせる。それは、初めて見た彼の笑顔だった。

「いや……笑ったりしてすみません」

意外なほど人懐っこさを感じさせる表情を、再び引き締めると、天蔚は言った。

「なぜ、側近官が一人不在なだけで、皇帝の宮の使用人たちが右往左往するのかと、最初は疑問に思っていたのです。康は『この宮のことに私より詳しいのは珠月だから』と言い張るし、香菱を含めた侍女たちも『どうか一刻も早く戻すように陛下に頼んでほしい』と訴えてきましてね」

思い出してるのか、天蔚は困り顔だ。

「珠月は毒見を引き受けてくれたうえに、どんな汚れ仕事も嫌がらずにやると。しかも目敏くて、小さな仕事でも必ず気づいて褒めてくれると皆が言っていました。だからか、料理人から下女に至るまで、あなたはいったいいつ戻ってくるのか、神廟に取られてはたまらないと、毎日とてもうるさかったんですよ」

（康さん、香菱、みんな……）

戻ったときに皆が喜んでくれた反応が、ようやく腑に落ちる。まさか、自分不在の間、そんなことになっていたなんてと珠月は驚いた。

「どうやらあなたは、この宮になくてはならない存在のようです」

天蔚が小さく笑って言った。

最初に世話になった神廟では、珠月がささいな仕事をしても、母親のような年齢の古参の巫女たちが褒めてくれた。会いに来た紫冰も、言葉を覚えると、小さなことでもおおげさに喜んでくれて、彼らの優しさは見知らぬ場所で必死に暮らす珠月にとって大きな心の支えになったものだ。

だから、侍女たちを纏める立場に就いたあとは、自分も同じようにしようと決めていただけだ。

この国では一人だと思い込んでいた。けれど、同じ宮で働く皆の気持ちを知ると、異国で家族ができたかのような温かい気持ちになった。

「……もし、紫冰さまに記憶を覗かれたとしても、あなたには、後ろ暗いところなど何もなさそうだ」

ぽつりと言う天蔚に、珠月は首を傾げる。

「そんなことはないと思いますが……ただ、即刻投獄されるようなことはしておりませんね」

おどけたように言うと、彼がまたくすりと笑う。それから、天蔚は真面目な顔になって言った。

「あなたが、本当はどこから来たのかはわかりませんが……天帝が、心眼を持って生まれた紫冰さまに最適な伴侶を授けるとしたら、それは、あなたのような人なのかもしれません」

「え……」

珠月は驚きで耳を疑った。

彼は面に出していないつもりだったかもしれない。けれど、これまではずっと、正体不明の異世界人を見る、侮蔑交じりの目で見られてきたことに気づいていたからだ。

「天帝は不思議なことをなさる。陛下には味方もたくさんいますが、敵も多い身の上です。あなたしか与えられない癒やしもあるでしょう」

天蔚はそう言うと立ち上がり、素早く拱手する。

慌てて珠月は同じように返す。どうやら彼が、紫冰のそばにいることを認めてくれたのだと気づく。紫冰のそばで仕え始めて十年、雷淵と焔隼以外の貴族からは、誰からも忌ま忌ましげに見られるのが普通だったのに。

じわじわと歓喜が押し寄せてきて胸が熱くなる。部屋に戻っていく天蔚の後ろ姿を見つめ、もう一度ぺこりと頭を下げた。

(私にしかできないことは、いったいなんだろう……)

珠月は紫冰を待ちながら、彼のために、自分に何ができるだろうかと考えていた。


薄闇の中、白い天馬が翼をはためかせて門扉の前にふわりと降りてくる。

今日は完全に日が暮れてから、紫冰が翔舞宮に戻ってきた。彼の騎獣は珍しくいつもの翼竜ではない。あの子はどうしたのだろう、具合が悪いのではないといいが、と思いながら、珠月は出迎えに急ぐ。

紫冰の天馬に続き、軍の部下だろう、二頭の茶色と黒の天馬も地上に降りる。

並んだ侍女たちとともに迎えに出た珠月の姿を見つけると、紫冰は厩番に騎獣の手綱を任せ、大股でこちらに近づいてきた。

「珠月」と満面に輝くような笑みを浮かべる彼に、ぐいと腕を引かれる。

「お帰りなさ……っ」

皆の前できつく抱き締められ、珠月は息を呑んだ。拒みはしないまでも、さすがに体が強張る。いっさい人目を気にしない皇帝の行動に、若い侍女たちが頬を赤らめるのが見えた。

身を離した彼に「何も問題はなかったか」と訊かれて、熱い頬で珠月ははいと頷く。

「私がいない間、天蔚さまがいろいろと手助けしてくださったと伺いました」

「ああ、毒見係を頼んだら、なんだかんだと他のことも手を出していたようだ。だが、天蔚は細かいし、やたらお小言が多くてな。宮城では目端が利いてありがたいのだが、やはり、宮にいるのはお前がいい」

珠月の肩を抱き、紫冰はぼやくように言う。適材適所ということだろうか。お世辞であっても嬉しくて、珠月は思わず笑顔になった。

揃って宮の建物に入りながら、彼が言った。

「すまなかったな。俺が神廟まで迎えに行くつもりだったが、急ぎの使者が来て、やむなく雷淵に任せたんだ」

「いえ、そんな、雷淵さまに来ていただいただけでも申し訳ないくらいです」

「雷淵にいっときでも預けるのは複雑だったが……大切なお前の身の安全を任せられる者は限られているからな。その点、あいつなら信用できる」

紫冰はそこまで考えて迎えを頼んでくれたと知り、珠月は驚く。同時に、使用人の自分に、国で一、二を争う剣の使い手である将軍の雷淵をつけるほど紫冰が警戒していることに、不安な気持ちが湧いた。

「陛下、お帰りなさいませ」

宮に入ると天蔚が恭しく頭を下げて迎える。紫冰は天蔚を促して居室に入る。

天蔚の顔を見て、珠月は先ほどの話を思い出す。紫冰と今後のことを話し合わねば……と考えていると、酒肴が運ばれてきた。

珠月が訊ねる前に「もうお前に毒見係はさせないと決めた」と紫冰が断言した。やはり、先ほど天蔚が言っていたのは、すでに紫冰の中では決定事項だったらしい。

事前に宮で働く者には話をしてあり、今夜までは天蔚に頼み、明日からは翔舞宮で働く侍女の中から希望者が交代で担当することになったそうだ。

毒見を受け負っていたこの八年の間に、珠月は皇帝の命を狙った毒にあたった。どちらも食べたのはごく少量だったので命に別状はなく、混入した者も捕らえられている。

そのときも、紫冰からは毒見から外すと命じられたが、ともかく紫冰の役に立ちたい一心で続けさせてもらった。

どうしても頷くことができず、珠月はそっと紫冰に頼み込んだ。

「侍女たちには帰る家がある者も、これから子を望む者もいるでしょう。やはり陛下の毒見は、私が担当するのが一番だと思うのですが……」

だが「なんといっても無駄だ」と、紫冰はあっさりと珠月の意見を退けた。

「そもそも、俺はもはやお前の身内も同然だろう。もしお前の身に何かあったら、俺はこの国を平和にとどめておけるかわからない。お前を毒見から外すのは、我が国の安全のためだと思え」

そこまで言われては、何も言えなくなる。

康が肴を小皿に取り分け、酒を杯に注ぐ。

天蔚が酒肴の毒見をしている間に、夕食が運ばれてきた。

天蔚は中流貴族の家の出で、本来、毒見をさせるような身分ではない。本当にいいのだろうかと申し訳ない気持ちでいると、毒見済みの酒を呷った紫冰が、ちらりと天蔚を見た。

「使用人たちの中で、珠月の戻りを一番待っていたのは、なんだかんだいってもお前なんじゃないか？」

「そうですね、珠月が恋しくて、毎日ぴりぴりしておられる陛下を宥めるのが大変でしたので」

からかうように言われて、天蔚は平然と返す。紫冰が狼狽えたように酒の杯を落としそうになる。

「珠月不在の間の紫冰さまは、ずいぶんと平静を欠いておられました。常に泰然として何事にも動じないいつもの陛下は、珠月の存在あってこそなのですね」

仮にも一国の皇帝相手に、あまりに歯に衣着せぬ物言いだ。天蔚の言葉に、照れる以前に珠月は狼狽えて紫冰をそっと見る。

「お前はいつも言いたい放題で、ダミ声の野鳥の鳴き声のようだ。おかげでよりいっそう俺の気持ちに寄り添ってくれる珠月の存在がありがたく思えるな。たとえて言うなら愛らしく囀る小鳥か」

紫冰は苦虫を嚙み潰したような顔で天蔚に言ってから、珠月を見て口の端を上げる。

「なんとでも好きにおっしゃってください。彼が戻ってくれて本当にありがたい。私も明日からようやく家に戻ってのんびりできそうです」

うるさい野鳥扱いされても怯まず、天蔚は康が取り分けた夕食の皿の毒見を始める。

「珠月、今夜からはお前の分も運ばせているから、一緒に食事をとろう」

何気ない様子で紫氷に言われ、珠月は慌てて首を横に振った。

「ありがたいお言葉ですが、私は食堂でいただきますので」

「いいんだ。料理番と使用人たちにはもう――」

紫氷が何か続けようとしたときだ。

毒見を進めていた天蔚が、ふと箸を止める。少量ずつ取り分けた皿の上の料理は、まだ半分も減っていない。

「天蔚？」

怪訝そうな紫氷の問いかけに応えず、箸を置いた天蔚が、手拭いで口元を覆う。

強張った彼の顔に、控えていた侍女が悲鳴を上げた。倒れそうな天蔚のもとに康が駆け寄る。

「水を！　それから、すぐに医師を呼べ！」

紫氷が険しい表情で命じる。居室の外に控えていた侍女が、慌てて医師を呼ぶため騎獣を収めた厩番のもとに走る。顔から血の気が引いたまま、珠月は急いで水差しと水の杯を運んだ。

医師が到着すると、紫氷の指示で、介抱に関わる者以外は全員、別棟の房室に戻っているよう言い渡された。

珠月は紫冰から、彼の寝所から決して出ないようにと命じられる。念のため、二匹の小竜、今日は白白と藍藍を警護役としてつけられ、珠月は寝所に籠もった。

「白白、藍藍、こちらにおいで」

警戒しているのか、鼻をひくひくさせながら室内をぱたぱたと飛び回る二匹を呼んで、膝に乗せる。大人しくやってきた二匹を手に止まらせてそっと撫でる。白銀の鱗がひんやりして心地好い。小さな二匹に触れていると、少しだけ気持ちが落ち着く気がした。

（天蔚さまはご無事だろうか……）

自分自身もあたったことはあるが、他の者が目の前で毒を口にしたのを見たのはこれが初めてだった。

部屋をあとにする際、年かさの侍女が介抱する中、床に横たわり、身を捩って苦しむ天蔚の様子が見えて、珠月は胸が苦しくなった。

ふと、晧燕に告げられた占術の結果が脳裏を過る。

『悪意に満ちた者がお前を狙っているようだ――』

まさかとは思うが、あの占術はこのことを差していたのだろうか。

だが、たとえそれを覚えていたとしても、今夜の事態を回避できたとは思えない。

紫冰の寝所に籠もり、珠月は悶々と考える。

（どうか、天蔚さまが助かりますように……）

彼が毒を多く呑み込んでいないようにと切実に祈った。

半刻（一時間）ほどした頃、翼を閉じて珠月の膝の上で丸くなっていた二匹の小竜が、ぱっと身を起こした。しばらくしてから扉が開き、待ちかねた紫冰が寝所に入ってきた。

「紫冰さま、お帰りなさいませ」

険しい顔をした彼の腕に無言で引き寄せられ、珠月はきつく抱き締められた。

しばしそうしたあと、彼は珠月からゆっくりと身を離す。そばをうろうろ飛んでいた二匹に「我が元に返れ」と命じる。二匹が大人しく彼の中に戻ると、珠月はおそるおそる訊ねた。

「天蔚さまのご容態は……」

「もう問題ない。さすがに衰弱しているが、医師によれば毒はほとんど吐き出したようだ。解毒効果があり、荒れた胃腸によく効く薬を処方されて、今は落ち着いている」

皇帝付きの医師が到着するまでの間に、康ができる限り毒物を吐かせ、更に水を飲ませたこともよかったらしい。侍女たちにも天蔚の無事が伝えられ、皆泣いていたそうだ。ずっとハラハラしていた珠月も安堵の息を吐いた。

その夜の皇帝の食事は、改めて作り直した料理を料理番自身が毒見し、更に別の侍女が毒見を重ねたものが提供された。さすがに食欲は湧かなかったけれど、むしろ、同じ日に二度も毒を混入するのは難しい。ここまで調べれば、今夜の食事はさすがに安全なはずだ。

美味しいはずなのに味を感じない食事を無理に詰め込んだあと、紫冰は部屋に湯を運ばせた。湯に浸して絞った布で彼が体を清めるのを手伝うだけのつもりだったが、珠月まで彼の手で綺麗にされてしまう。

「し、紫氷さま、私はけっこうですので……っ」と拒もうとしたが、すぐに済むから大人しくしていろと言う彼に一蹴された。

今夜、彼が湯浴みをしに行かない理由はただ一つ、暗殺者の行動を警戒しているからだろう。そう思うとこれ以上は抵抗できず、恥ずかしかったがされるがままでいた。

湯を使い終えると、すぐに閨に引き込まれる。

ようやく彼のそばに戻れたというのに安堵はできないまま、紫氷に抱き締められ、珠月は眠れない夜を過ごした。

皇帝の夕食に毒が混入されたことは、公には伏せられたまま、紫氷の指示で調査が進められた。

事件の経緯と犯人探しが行われる中、数日後のある夜、紫氷が教えてくれた。

「すべての料理を調べたところ、毒は濃い味付けの野菜料理の中に混ぜられていたらしい」

そう言われて、珠月はあの夜、卓の上に野菜の炒め物が並んでいたことを思い出す。素材を軽く揚げてから炒めた素朴な家庭料理だが、紫氷の好物でよく夕食に並ぶ一品だ。

「では、厨房で……？」

珠月の問いかけに「おそらくは」と紫氷が頷く。つまり、犯人はこの宮の人間だということだ。

これまでに毒を混入された際、珠月が口にしたものは、どれも明確に紫氷を狙った犯行だった。すでにそのときの犯人は処罰を受けているため、今回の首謀者はまた別の者だということになる。

（いったい、誰が……？）

「もうしばらくの間、警戒を解くわけにはいかない。だが、犯人を仕留めるまでの辛抱だ」

憂い顔の珠月を抱き寄せて、安心させるように紫冰が囁いた。


緊迫した状況が続く中、毒を盛った方法とその実行者が徹底的に調べられた。

翔舞宮の中で料理と配膳に関わった者を全員洗い出し、一人また一人と可能性がない者を排除していく。侍女たちは元々、身の上をこれ以上ないほど検めてから配属されている良家の娘たちだ。同じ宮で働く侍女や下女が詰問されるのはつらく、宮の中には不穏な空気が漂った。

そうするうち、最近翔舞宮にやってきた、配膳を担当した一人の侍女が浮上した。

調べを進めて、彼女以外にはその料理に毒を混入できないとわかった頃には、該当する侍女は密かに宮城を出て逃亡しようとするところだった。

すぐさま兵士が動き、毒の混入から三日と経たないうちにその侍女は捕らえられた。これから、毒を手に入れた場所やその目的、指示をした者などについての厳しい詮議が始まることになる。

毒の混入事件について伏せておくために、天蔚は万全の警護のもと、箝口令が敷かれたうえで医師の別宅に預けられている。命拾いしたものの、さすがに回復するまではもう少し療養が必要なようだ。

犯人が見つかっても、紫冰も周りの者たちも皆、浮かない顔をしている。それは珠月も同じだった。

なぜなら、今回の毒混入の一件から、恐るべきことがわかった。

あの日、珠月が帰ってくることは翔舞宮で働く者ならほとんどが知っていた。紫冰が珠月のぶんの夕食も作るようにと料理番に伝えさせていたからだ。

だが、珠月がこれまで皇帝の毒見係をしていたことは、宮で働く一部の者しか知らないはずだ。

その極めて限られた者たちの中で、珠月が翔舞宮に戻ってくるこの日を選んで毒を盛った者がいる。

つまり、狙われたのは、皇帝ではなく、毒見役を一時的に引き受けていた天蔚でもない。

本来であれば、それを最初に食べるはずだった者——天蔚ではなく、珠月だ。

珠月は表向き、皇帝の寵愛を一身に受けてきた。

もしかすると、大臣たちを唆す文を送り、珠月をどうにか紫冰のそばから排除したいと願う者と、侍女を翔舞宮に送り込み、夕食に毒を盛らせた者は、同一人物なのかもしれない。

(……そこまでして、私を皇帝のそばから引き離したいということか……)

犯人の行動に、珠月は衝撃を受けていた。

命を狙われる理由はなんだろう。

自分が前皇帝の死に関わっていると本気で思い込まれているのか。それとも、現皇帝のそばにいることがそれほどまでに邪魔だからなのか。

——もしくは、そのどちらもなのだろうか、と。


「今日、天蔚は自宅に戻ったそうだ」

事件から一週間ほど経った日、宮に戻ってきた紫冰からと伝えられて、珠月は心底ホッとした。

「そうですか、それはよかったです」

医師の下で療養していた天蔚の体調は、ずいぶん回復したらしい。

「明日から宮城に出ると言うので、もう数日は休むよう伝えさせてある。まったく、あいつは仕事中毒すぎて困るな」

困り顔で紫冰が言うには、天蔚はすでに仕事がしたいと思うくらいには元気があるようだ。生真面目な彼らしいと珠月も思わず笑った。

彼の回復振りを笑って話せるのは、むしろ幸福なことだった。

ほぼ間違いなく、天蔚は自分の身代わりになったのだ。しかも、場合によっては命を落としていたかもしれない。そう思うと、珠月は彼への申し訳なさで胸が苦しくなる。

毒の混入という不測の出来事が起きたためか、紫冰は忙しいらしく、宮に戻ってくるのもここのところは夜も更けてからだ。犯行に及んだ侍女は、知らない男に多額の金子(きんす)を積んで頼まれたと言い張っているそうで、それ以上の捜査は進んでいないのがもどかしい。

一つ気にかかったのが、しばらく床に伏せているということが誰から伝わったのか、天蔚のもとに、どこからか見舞いの品が届けられたという話だ。

(まさか、紫冰さまか私を標的に毒を盛っておいて、誤ってあたった天蔚さまに、わざわざ見舞いを送ったりはしないと思うけれど……)

腑に落ちないものはあるけれど、見舞いの件も含めて、すべては紫冰の耳に入っている。引っかかる点があれば、関わりを徹底的に調査するだろう。

あれ以来紫冰は、翔舞宮の警護をいっそう厳重に固めた。建物内に入れるのも、身元が確かで信用の置ける者に絞っている。

珠月の気持ちを確かめたからか、結界を張り、小竜たちにも守護をさせた宮の中で紫冰は気持ちを隠さなくなった。

珠月に表向きの愛妾役をさせるつもりはもうないようで、夜のお召しを受けて着飾る必要はなくなった。だが、神廟から戻ったあと、紫冰は『お前を一人で寝かせるのは気がかりだ』と言い張り、珠月は毎夜、彼と同じ牀榻で休む日々を送っている。

伏せていても、皇帝の珠月への寵愛がいっそう深くなったようだということの事実は、いつか朝廷に参列する大臣たちの耳にも届くだろう。紫冰のそばにいられることは幸せだが、珠月の不安は消えなかった。


さんざん悩んだ末に、ある夜、珠月は決意を固めて切り出した。

「紫冰さま、お願いしたいことがございます」

湯浴みを終えて部屋に戻ってきた紫冰は、天蓋から垂れた布をよけて牀榻に入ってきたところだ。牀榻の中で待つように命じられていた夜着姿の珠月は、彼の顔を見るなり頼み込んだ。

「どうした、そんな怖い顔をして」

硬い顔の珠月を見て、彼は不思議そうな顔で向かい合わせに腰を下ろす。気安く言う紫冰の目には、きっと強張った顔の自分が映っているのだろう。珠月の手を掬い取り、彼が指先に唇を触れさせる。

「願いがあるのならなんでも言え。お前の望みなら叶えてやる」

しばし悩んでから、珠月は思い切って口を開いた。

「この間、天蔚さまが毒を口にされたときから、ずっと考えていたのです」

紫冰のそばで働き続けたい。そのうえで、狙われる原因が自分にあるなら、それを少しでも消したい、と。

「私が狙われたのだとしたら、その理由は、紫冰さまの愛妾役であったことと、前皇帝陛下がお亡くなりになったときの犯人かもしれないという疑念のどちらかです。もし、紫冰さまのおそばに置いていただくことを不快に思う者がいたとしても、職を辞することはできません。ですが……もう一つの狙われる理由についてならば、身の潔白を証明することができるのではないかと思ったのです」

真剣に聞いてくれる紫冰に、珠月は頼み込んだ。

「紫冰さまの心眼のお力で、改めて、皇帝がお亡くなりになった日――私がこの国に現れた日の記憶を、もう一度探ってはもらえないでしょうか」

紫冰は驚いた顔になった。

珠月は、自分が前皇帝の死に関与していないと思う。だが、どれだけそう言っても、記憶がない以上は、疑う者たちの口を完全に閉じさせることはできない。だから、最後の手段として、心眼の力で無実を証明してもらいたいと思い立った。

「珠月、お前が父上に何もしていないことはよくわかっている。そもそも父上は、お前が現れる以前から床に伏していた。しかも、あのときお前はまだ十歳で、大怪我まで負っていたんだ。それを哀れに思いこそすれ、父上への刺客だと疑うなど、あり得ない話だ」

「紫冰さまは信じてくださっているとわかっておりますし、そのお気持ちはとても嬉しく思います。ですが……私には、あの日、紫冰さまに声をかけられるまでの記憶がありません。ですから、正直なところ……前帝陛下の死に関与していないと、胸を張って断言することが難しいのです」

珠月は苦渋の思いで訴える。

この懸念を消すことができるのは、紫冰だけなのだ。

「珠月……気持ちはわかる。だが、もう何度かやってみただろう?」

牀榻の上で向かい合って座った紫冰は、困惑した顔で、正座した珠月の手を握る。

確かに、この国に来て間もない頃、彼は異世界人の珠月への疑いを消すため、何度か記憶を探ろうとしてくれた。

当時は結局、ここに現れる前の記憶は覗けずに終わった。

だがあの頃、彼はまだ幼かった。それからずいぶんと修練を積み、暴走しがちだった心眼の力を安定して使えるようになったと聞いている。

「お願いです、紫冰さま……私が翔舞宮に戻らなければ、毒は混入されなかったでしょう。天蔚さまは、私の身代わりになったのです」

おそらく、同じことを思っていたのだろうが、紫冰は険しい顔になって首を横に振った。

「そうとは限らない。狙いは俺の可能性もある」

「確かに、今回の毒が、紫冰さまと私のどちらを狙ったのかはわかりません。ですが、天蔚さまが巻き添えになったことだけは確かなのです」

珠月は必死の思いで訴えた。

「せめて、私が前帝暗殺の刺客であるという汚名だけでも雪(そそ)げれば、狙われる機会が減るかもしれません。この宮で働く侍女たちも皆怯えています。もし、毒見係が回ってきたら、次に毒にあたって倒れるのは、自分かもしれない、と」

切実な気持ちで、珠月はもう一度記憶を探ってほしい、と紫冰に懇願した。

大臣たちが紫冰の心眼の威力を思い知った今なら、心眼で潔白を証明してもらえれば、きっと誰もが信じてくれるはずだ。

心眼を使うことに疲労はないと彼は言っていた。

あるのはただ、人の記憶を暴くことに対する罪悪感のようなものだけだと。

本当にいいのか、と確認されて、珠月はこくりと頷く。

記憶のある限り、珠月には後ろ暗いことをした覚えはない。だから、彼に深い心の奥を覗かれることに躊躇いはなかった。

「わかった……お前がそこまで言うなら、もう一度だけ試してみよう」

迷っていた様子の彼は、決意したように言う。

「記憶を取り戻せたら、『心眼を使って珠月の身の潔白を確認した』と朝廷で宣言する。それで、くだらない噂も一掃できるだろう」

とはいえ、一度は覗けなかったことだから、あまり期待はしないようにと言われて、珠月は頷く。

紫冰が一つ息を吐いてから、珠月の額に二本の指でそっと触れる。

緊張しつつ、珠月は目を閉じた。

どのくらい経った頃だろう。しばらくすると、今度は手を取られて、やんわりと握られる。

「……駄目だ」

苦々しく言う彼の声で、珠月は目を開けた。

「やはり、俺と出会う直前の記憶には強固な壁のようなものがある。どうしてもそれよりも過去のことは覗けない」

紫冰によると、普通は額に触れれば、記憶を探ることはたやすいものらしい。だが、壊れたり、消えかけたりしている記憶を探ることは、彼にもかなり難しいのだという。

頼みを聞き入れてくれた彼に申し訳なく、珠月は悄然として項垂れた。

「珠月、気に病むことはない。ああ、泣きそうな顔をして……そんなに落ち込まないでくれ」

顔を上げるよう促されて、潤んだ目を見られてしまう。

紫冰は困り果てたように口を開いた。

「もっと深く探れる方法が、ないわけではない」

「……何か、他にも方法があるのですか？」

珠月は思わず顔を輝かせた。

だが、紫冰はなぜかその方法を伝えることを渋った。彼に大きな負担がかかったり、もしくは危険があったりするようなことならば諦めねばならない。具体的にどんな方法なのかと訊ねると、彼は危険な方法というわけではないと言う。

「でしたら、どうかその方法を試してみていただけませんか」

切実な気持ちで頼み込んだ。

「いつまでも前皇帝の死に関する疑念を取り除けないままでは、いつかあなたのそばからも排除されてしまいそうで、不安なのです」

「お前を排除など、俺がさせるものか」

紫冰はそう言ってくれるけれど、きっと、珠月の存在を懸念する声が燃え上がる日はまたくるだろう。

皇帝のそば近くに仕えることで狙われるのは仕方ない。

だからせめて、前帝の死への疑念だけでも払拭したい――これからも紫冰のそばにいるために。

珠月がなんのために身の潔白を証明したいのかを知ると、紫冰は奮起したようで、「わかった、やってみよう」と言い出した。

「だが……実は俺もまだ、その方法は試したことがないんだ」

彼は心眼の能力について、同じ力を持っていた亡き叔父の生前に、詳しいことを教えられたそうだ。

通常の記憶であれば、額に触れるか、もしくは手に触れながら覗けば、すべてが視える。

それでも覗けない場合は、訳ありな記憶の可能性が高い。

そんなときは、心眼を持つ者が、対象者と体を重ねながら記憶を覗けばいい。

相手の心の警戒が緩んでいるため、睦み合いの最中であれば、より深くまで記憶を探ることができる。妃や愛妾には閨で心を覗くことができてしまうから、意思を無視して心眼を使えば、愛情を失いかねない。

だから、決して相手の同意なく興味本位では行わないように、と厳命されたそうだ。

(まさか、そんな方法だったなんて……)

それでは――先ほど以上に深く記憶を覗いてもらうためには、紫冰に抱いてもらわなくてはならない。

考えもしなかった方法に狼狽えて、珠月は視線を彷徨わせる。彼がお忍びで神廟を訪ねてきたときには濃厚な触れ合いがあった。だが、翔舞宮に戻ってからは、毎夜口付けをされ、抱き締められてはいるものの、警戒している状況のせいか夜着を脱がされるようなことはなかった。

紫冰が戸惑っている珠月の両頬にそっと触れる。包み込むようにして自分のほうを向かせた。

「お前を抱かずにいたのは、毒混入の件の真犯人を捕らえることを何よりも優先すべきだと思っていたからだ。ずっと、一刻も早く我がものにしたいと思っていた。だから、お前の頼みは、俺にとっては願ってもないことだ」

彼が触れずにいた理由を伝えられて、珠月の顔がじんわりと熱くなる。

「そ、そうだったのですか。では……」

しどろもどろに頼もうとしたとき、珠月はあることを思い出してハッとした。

以前、幼い彼が夜伽の手ほどきを嫌がっていたときに聞いた覚えがある。紫冰が持つ心眼の力は『愛のない者との交わりを行うと弱まる』と言い伝えられていると。

だから、劉家では本来、夜伽相手や妃は自ら気に入った相手を選ぶ。

他国とは異なり、劉華国には代々後宮が存在したことはない。

それは、統治する劉家一族の妖力が強大で、多くの婚姻による強固な繋がりを必要としなかったことに加えて、この特別な心眼の力を消さずに守り受け継ぐためもあったらしい。

劉華国の皇族の中でも、心眼の力は稀少なものだ。平和な時代にはそれほど必要のない力だろう。だが、いつか内乱や政変、もしくは他国との戦が勃発したときに、人の記憶を視ることができる力があれば、その力は、劉華国にとってこの上なく強力な手助けとなる。

——だからこそ、彼が持つ稀有な力を、自分がした頼み事で弱めることにでもなったら。

珠月が躊躇っていると、「どうした、何を考えている？」と彼が訊ねてくる。

珠月はおずおずと浮かんだ懸念を伝える。

それを聞き、一瞬呆気にとられたように目を瞠った紫冰は、次の瞬間、破顔して珠月を抱き締めた。

「お前は愉快なことを言うな」

彼が目を細めて珠月の顔を覗き込む。

「珠月、お前に触れて、俺の力が弱まるわけがないではないか」

頬を愛しげに撫でて、紫冰が深く口付けてきた。


呼吸すら奪うように情熱的に唇を重ねながら、彼が珠月の背を支えて牀榻に寝かせる。

襦裙を脱がされそうになったところで、今夜は夜伽のための湯浴みをしていないことに気づいた。

「し、紫冰さま」

「なんだ」

「申し訳ありません、少々お待ちいただけませんか。急いで湯浴みをして参ります」

もちろん、彼の寝所に来る前に丁寧に体は拭いたけれど、香草を入れた湯に浸かってはいない。とはいえ、記憶を覗いてほしいと頼んだものの、まさかそれが閨での行為に繋がるとは思いもしなかったのだから仕方ないことだ。

ともかく、このまま皇帝の閨の相手をするわけにはいかないと焦った。

「このままで構わない」

あっさり言うと、紫冰の手が素早く珠月の腰紐を解く。襦裙の前を開かれそうになって、珠月は慌ててその手を止めた。

「いけません、すぐに済ませてきますので」

「一人で湯浴みをしに行くことは許さない。どうしてもと言うなら、俺が一緒に湯殿に行き、隅々まで洗ってやるが、それでよいか？」

どこか愉快そうに言われて、目を丸くする。どこの国に皇帝の手で洗ってもらう臣下がいるというのか。

「紫冰さま……」

「ああ、泣きそうな顔をするな。お前の願いはどのようなことでも叶えてやりたいが、さすがにこれほどまで堪え続けたのちの閨を、更に堪えろというのは無理がある」

顔を寄せて珠月の唇をちゅっと音を立てて啄み、紫冰が囁く。

「……もう、さすがに俺の気持ちはわかっているはずだろう？」

真剣な眼差しで囁かれ、珠月はそれだけで体に熱が灯るのを感じた。やむを得ず湯浴みを諦め、まだ拒もうとしていた手から力を抜く。

珠月があらがいをやめたことに気づいた彼が口の端を上げる。

「事が済んだら、望み通りこの手で風呂に入れてやる」

もう一度口付けられ、不要ですと言おうとした訴えを塞がれる。彼の手が珠月の夜着の前を忙しなく開いた。

熱っぽく何度も口付けながら、紫冰は珠月の体中に触れてきた。

「ん……は、ぅ」

上衣の前を開けられて、大きな手で肌を撫でられる。唇を塞がれながら彼の指で乳首を弄られると、息が詰まったようになる。敏感な小さな尖りを柔らかく捏ねられ、硬い指先できゅっと摘まれて、珠月の腰は跳ねそうになった。

「お前は、ここを弄られるのがとても好きなようだ」

紫冰が熱い息とともに囁いて、丹念にそこを弄ってくる。二つの乳首がずきずきと疼くまで弄られて、くすぐったさ交じりの快感が高まってくる。

先日の神廟で、珠月は初めて、そこがこんなにも感じる場所だということを教えられた。恥ずかしいけれど、紫冰の手に触れられることはどれも気持ちがよくて、あっという間に体に熱が灯ってしまう。濃い色に充血し、つんと尖った小さな乳首を見下ろして、紫冰が感嘆するように言った。

「……信じられないくらいに敏感で愛らしい体だな。心配で、二度と宮の外に出したくなくなる」

「そ、それは、紫冰さまがお触りになるから……っ」

珠月は羞恥で半泣きだというのに「俺のせいか」と彼は嬉しそうに笑う。

紫冰の手がするりと下衣も下ろしてしまい、珠月は下半身には何も身に着けず、かろうじて上衣が腕を隠しているという恥ずかしい姿になった。

しかも、今夜は化粧もしておらず、髪もただ結んだだけだ。夜伽の支度をしていれば、偽りの愛妾役を演じていられたのに、素のままの自分では身の置きどころがない。

「お前の肌は練り絹のようで、どこもかしこも極上の触り心地だ」

感嘆するように言って、珠月の脚に触れながら、紫冰がそばの棚に置かれていた小さな瓶を取った。

枕に頭を預けさせた珠月の脚を彼の手が摑み、ぐいと大きく開かせる。あらわになった秘所を反射的に手で覆いたくなったけれど、これは自分が頼んだことだと敷布を摑んで堪えた。

紫冰は惜しみなく香油を手に垂らすと、珠月の狭間にそっと塗り付けてくる。

「ひゃ……っ」

後ろの蕾にぬるぬるとするものを滴るほど塗られて、思わず身を硬くした。

「怖くないから、体の力を抜け」

宥めるような口付けをして、舌を甘く吸いながら、紫冰は香油で濡らした珠月の後ろを丹念に解していく。普段はきつく閉じている場所を、雄の太い指でずぶずぶと開かれる。紫冰はまるで指でそこの感触を確かめるみたいに、じっくりと指を動かす。

「あ……、ん、ん……っ」

決して性急ではなかったが、紫冰は興奮しているようだ。珠月の狭い秘所を開き、二本に増やした指で奥のほうまで弄りながら、必死で堪えている顔をじっと見つめてくる。

その目には明らかな欲情の炎が宿っていて、珠月は顔から火が出そうなほどの羞恥に襲われた。

「どうやら、俺の指が気に入ったようだな」

笑みを含んだ声で言われて気づく。後孔に指を挿れられていると、なぜか珠月の性器も熱くなり、半勃ちだったそこは、いつしか真上を向いて震えている。それどころか、先端からはすでに蜜が溢れ、彼の指でたまらないほどの刺激を得ていることを知られてしまう。

身を倒してきた彼が珠月の乳首に口付けを落とす。そこを舌で舐められながら、後ろに入れる指を更に増やされると、さすがに苦しくなった。

された。

救いを求めるように名を呼ぶと「いい子だから、もう少しの我慢だ」と言って、額に口付けが落とされる。

彼は焦らず、珠月の反応を見ながら今度は指を抜き差しして、執拗なほど丹念に中を慣らし続ける。どうやら、もっと柔らかくなるまで広げるつもりのようで、珠月は泣きたくなった。

「っ⁉」

ふいに体がびくっとする場所を彼の指がかすめ、珠月は動揺した。くちゅくちゅという香油を捏ねる音を立てながら、紫氷の指先が内部のある一点を擦る。

「あっ、ん、んっ」

そこを擦られるたびに恥ずかしい声が漏れてしまう。珠月のささやかな昂りはねっとりとした蜜を垂らして、むずむずとした快感に、そこを思わず握ってしまいそうになった。

だが、彼の前で自慰行為をするなど決してできない。

「やっ、……紫氷さま、す、少し、お待ちくださ……っ」

「ここがいいのか?」

彼は指を止めてくれず、それどころかいっそう熱心にそこを狙って指を動かす。たまらない刺激を堪えながら、珠月は自らの唇を手で押さえる。だが、声を殺そうとしたその手を奪われて、甲に口付けられた。

「そんなに気に入ったのだな」

「あっ、ち、ちが……っ」

珠月の反応に目敏く気づいた紫冰がニヤリと口の端を上げ、ぐりぐりとその場所を擦り立てる。

前を擦るのとはまったく異なる、あらがいがたい衝動が込み上げてくる。下腹部と腿がびくびくと震えて、尻の中を弄られているだけなのに、もはや前からはしとどに濃い蜜が溢れている。

「そこは、もう、いやなのです」

そんなに強くしないでほしくて、珠月は涙目で彼に頼む。

いやいやと首を横に振ったけれど、紫冰は許してはくれない。それどころか、呑み込ませた二本の指先で揉むようにされて、強烈な刺激に悲鳴のような喘ぎが漏れた。

「ひっ、あ——あ、ぁっ！」

気づけば珠月は、自らの腹の上に白い蜜を迸らせてしまっていた。

呆然としていると、彼がそこを布で拭い、労るように優しい口付けをしてくれる。額を擦り合わせて珠月の唇を啄み、ため息交じりに囁く。

「……お前があまりに可愛い反応を見せるから、興奮した」

困ったみたいに呟き、彼は珠月の頭を撫でてから身を起こす。

半ば夢心地で荒い呼吸を繰り返している珠月の目に、膝立ちになった紫冰が自らの腰紐を解くのが見えた。彼は夜着の上衣と下衣を慌ただしく脱ぎ落とす。

以前神廟で触れ合ったときは、彼は衣服を乱しただけだった。初めて見る紫冰の裸体は、筋肉が盛り上がり、完璧なまでに鍛え上げられている。想像していた以上に逞しく、見事に引き締まった肉体は雄々しい美を誇っている。

紫冰の体を視線で辿っていき、下腹部で視線を止めて、珠月は目を瞬かせた。赤黒い茎は血の管をくっきりと浮き上がらせ、隆々と反り返って上を向いている。

呆然とそこを見つめたまま、思わずごくりと喉を鳴らす。

先日も目にしたけれど、あのときよりも昂っているように思える。それに、神廟の寮では擦り合うだけで、挿入まではしなかった。

改めて目の当たりにすると、こんなに大きなものを挿れられたらどうなってしまうのだろうと、珠月はにわかに怯えを感じた。だが、今更やめることなどできない。失った記憶を覗いてもらわなければならないのだから。

「そんなに凝視するな」と苦笑されて、彼が摑んだ珠月の膝に口付けを落とす。自分が紫冰のそこをまじまじと見つめすぎていたことに気づき、赤面した。

珠月の脚を胸につくほど押し広げると、彼はたっぷりの香油で濡れたそこに先端を宛てがう。

硬い先端をぬるぬると擦りつけられて、挿れるぞ、と囁かれた。

「……っ」

押さえ込まれる体勢で、ゆっくりと楔が押し込まれる。太さは指の比ではない。息を詰めながら、珠月は身を割られる衝撃に耐えた。

先端を呑み込ませると、痛みはないか、と訊かれて、ゆるゆると首を横に振る。

さんざん慣らされて蕩けるまで濡らされたせいか、鈍い痛みをかすかに感じるだけだ。極太の雄で限界まで広げられる苦しさはあるけれど、紫冰を受け入れられた嬉しさのほうが大きい。

「お前の中は熱いな……こうしていると、天にも昇る心地だ」

そう囁いて身を倒してきた彼が、愛しげに珠月の唇を吸う。労るような甘い口付けに、強張りかけた体が解けていく。

彼は珠月の息が詰まるところで止めては、時間をかけて繋がりを深めていく。

ふいに、涙で潤んだ珠月の目に、彼の瞳が赤く変化するところが見えた。

どうやら記憶を探れるか試しているようだ。そう気づくと、彼にすべてが視えるようにと祈りながら、心の緊張を解こうと必死で息を吐く。

すべてを珠月の中に呑み込ませると、紫冰は時間をかけて心眼を使った。

しばらくしてから、彼がため息を吐く。

「駄目だ」

珠月が宮城で見つかった以前の記憶は、体を繋げながらであっても覗けないようだ。

――やはり、どうやっても失った記憶は取り戻せないのかもしれない。

「申し訳ありません……ここまでしていただいたのに……」

「謝るな。大丈夫だ、また何か他の方法を考えればいい」

落胆しつつも、慰めるように言って優しく口付けをしてくれる紫冰の優しさに救われる。

「ん……？」と呟き、彼がふいに動きを止めた。

「何か、視えたのですか？」

「ああ……いや、これは……どういうことだ……？」

紫冰は、困惑するように赤くなった目を細め、遠くを見ているようだ。

「こんなに昔から……お前は俺に、恋心を抱いていたのか……？」

呆然とした顔で問い質されて、珠月は狼狽えた。

「答えろ、珠月。いつからだ、俺を好きになったのは」

しばし呆然としながら、我に返った様子の彼に詰問されて、珠月は真っ赤になる。

身の潔白を証明したくて「記憶を深く探る」という行為を自ら望んで受け入れた。

しかしそれは、失った記憶以外の思い出も、すべてを視られてしまうということだ。

少しもその可能性を考えていなかった愚かな自分を、珠月は殴りたくなった。


「ん、んン……っ」

ぴったりと繋がったまま口を吸われる。同時に、尖りきった乳首を弄られて、無意識にびくんと珠月の腰が揺れた。

少しでも身じろげば、中に呑み込まされた大きなモノの存在がじんと腰に響く。

敏感な胸の先を捏ねられると、勝手に尻の奥にある紫氷のものをきゅうと食い締めてしまい、彼が小さく唸(うな)った。

珠月の中が自分のモノに馴染んできたとわかったのだろう、紫氷はゆっくりと腰を動かし始めた。

最初はじわじわと浅く緩く、次第に深く激しい抜き差しが始まる。

「ああ……っ、ひ……っ」

溢れるほど使われた香油がぐちゅっぬちゅっといういやらしい音を立てる。いつしか、挿入の衝撃で萎えていた珠月のものにも、再び熱が灯り始めた。

ゆるゆると浅く突かれれば甘い疼きが駆け抜け、最奥まで呑み込まされて激しく動かされると、背筋が痺れるほどの快感で我を忘れそうになった。

「んっ、あ……っ」

弱いところを擦られて、珠月はびくんと身を捩る。

熱した楔を突き込んで珠月を翻弄しながら、汗を滲ませた精悍な彼の顔が凝視してくる。

紫冰はしばらくの間無言で珠月の痴態を眺めていた。何もかもを見透かすその目に射貫かれて、全身が焼けるように熱くなるのを感じる。

なぜなら、珠月を悶えさせるその間も、紫冰の目はずっと赤いままなのだ。

「……これまでに俺がやったもの、すべて大事に取っておいているのか……」

ゆるゆると腰を動かして突き入れながら、彼は珠月の顔を恍惚とした様子で眺める。

それは珠月にとっては当然のことだった。見舞いでもらった花は押し花にして、渡された手拭いは洗って大事にとってある。高価な装飾品や楽器などでなくとも、紫冰がくれたものはすべて、珠月にとっては思い出深い宝物だった。

顔を背けても意味はない。

体を深く繋がれたまま、珠月は秘めてきた自分の恋心を隅々まで暴き立てられた。

恐ろしいほどの羞恥に焼かれながら、延々と弱いところを責め立てられて啜り泣く。

「紫冰さま、お許しください……どうか、もう覗かないで」

必死に頼んだけれど、紫冰は口の端を上げるだけだった。

「こんなに大切なことを隠してきたんだ、許すわけがない」

顔を撫でられ、熱っぽく唇を吸われて、額を擦り合わされる。

「お前の心は他の男にあると思い、俺がこれまでどれだけの嫉妬に身を焦がしてきたと思う？　今宵は何もかもを視るまで許さない」

「ひっ、あ、あぁっ！」

次第に激しく突き入れながら、紫氷はまだ珠月の記憶を探り続けている。

堪えきれず逃げようとすれば、両手を頭の横の敷布にそれぞれ押しつけられる。お許しを、と懇願する言葉は、熱い彼の唇と舌で、喘ぎすら漏らせないくらいに塞がれた。

「んん……っ、ん、ぅっ」

後孔と唇の両方を彼に深く塞がれたまま、珠月は身を強張らせて二度目の蜜を放った。

もう何もあらがえなくなった珠月に伸しかかり、至近距離で見据えながら、紫氷が荒々しく突き上げてくる。

「……お前の心には、他の男などかけらもいないな……ずっと、俺のことばかりだ」

荒い息を吐きながら、まだ信じられないというような声音で彼は呟く。

「ひくっ、も、もう心眼は使わないで……、駄目です……っ」

泣きじゃくりながら、珠月は必死で許しを乞う。

「駄目だ、すべてをこの眼に視せろ」

いつもは優しい紫氷が低くかすれた声で言う。珠月が羞恥に身悶えれば、彼は余計に興奮が高まるようだった。泣けば泣くほど、中を押し開く雄がぐぐっと硬さを増す。

「あっ、ん、んんっ」

刺激を与えられ続けた体に衝撃が走り、珠月は前から出さないまま再び極める。

ひときわ奥まで押し込んだ紫氷が珠月に伸しかかってくる。今夜、自らのかたちに開かせたばかりの蕾の最奥に、溢れるほど雄の蜜を注ぎ込んだ。


濃密で長い夜だった。

空が白み始めるまで、何度も体勢を変えて睦み合いながら、珠月は延々と彼と出会ってからこれまでの記憶を隅々まで探られ続けた。

最後に、ぐったりした珠月を膝の上に乗せる体勢で彼が達する。ずっと繋がり続けていた紫氷のものがようやく勢いを鎮めたことに気づく。

泣き濡れた珠月は、やっと許してもらえるのかと安堵しかけたが、そうではなかった。

「もうしばらくしてから、また閨で心眼を使おう」

乱れた珠月の髪を優しく梳き、こめかみや頬に何度も甘い口付けを落としながら、ふと彼が言い出す。珠月は仰天した。

「お前が、今宵のことをどんなふうに覚えているのか視たい」

清々(すがすが)しい笑みを浮かべて、紫氷は恐ろしいことを言うのだった。

*

「……ここのところ、陛下のお召しが立て続けですねぇ」

箪笥から薄衣の襦裙を出しながら、明蘭が小さく息を吐く。

今日の衣装は淡い桃色の中衣に少し濃いめの荷花紅色の上衣という組み合わせのようだ。

「そうね。でも、今日の夕食も美味しかったでしょう？　それは誰のおかげ？」

「はいっ、陛下と珠月のおかげですっ」

香菱の言葉に、明蘭が慌てて姿勢を正す。てきぱきと手を動かしつつ、香菱はにっこりした。

「ね、珠月へのご寵愛が深いのは、私たちにとってもありがたいことなのよ。だから、心を尽くしてせいいっぱい夜伽のお手伝いをせねばね」

二人に世話をしてもらいながら、微笑ましいやりとりに珠月も思わず頬を緩めた。

先日、紫冰は料理番に指示し、珠月の食事内容を自分と同じものに変えさせようとした。気持ちはありがたいが、悪目立ちして反感を買うことを恐れ、珠月は皆と同じにしてほしいと伝えた。

すると、なんとある日から、翔舞宮の使用人の食事内容が全体的に格上げされてしまった。

おかずの数も汁物の具も増えて、侍女たちは他の宮の使用人たちから羨ましがられているらしい。そのおかげで、珠月は宮の使用人たちから妬まれるどころか、やたら感謝されているのだった。

――今日も紫冰は宮に戻るなり、珠月を閨に呼んだ。

とはいえ、以前とは異なり、化粧をしたり装飾品をつけたりする必要はない。『今後は着飾らなくていい』という紫冰の言葉で、湯浴みをして贈られた襦裙に着替え、髪を軽く結い上げてもらう程度だ。

そんなふうに身支度の手間は減ったものの、夜伽の頻度は毎夜になった。そのせいか、香菱たちは最近、康のはからいで他の仕事を減らされ、ある意味では珠月専属のような扱いになっている。妃でもない珠月に対し、もったいないほどの待遇だ。

「ねえ珠月、こんなに立て続けのお召しで体のほうは大丈夫なの？」

香菱からそっと訊ねられて、上衣に袖を通していた珠月は、慌てて「問題ありません」と答える。

「希望があればなんでも言って。もしつらかったら食事は粥にするよう頼むし、痛みを和らげる薬湯や香も用意があるから」

ともかく無理はしないようにね、と言われて、気遣いに礼を言う。

隠していても、香菱には疲労を気づかれてしまったのかもしれない。

——紫冰と初めて体を繋いでから、そろそろ半月になる。

これからも紫冰のそばにいるために、せめても前帝の死への関わりがあるという疑念を消し去りたくて、珠月は彼に記憶を覗いてもらった。

普通の接触では視えない記憶を深く暴くために、紫冰は珠月を抱きながら心眼を使った。

しかし、そうしてもらっても、やはりこの国に現れるまでの記憶はわずかも視えなかった。

身の潔白を証明するには至らなかったものの、悪いことばかりではなかった。

なぜなら、予想もしなかったおまけがついてきたのだ。

珠月は、失った過去の記憶だけを探ってもらうつもりでいた。

それなのに、目的の記憶は視えず、逆に、珠月が紫冰と出会ってからのすべての記憶を覗かれてしまった。

暴かれたのは、珠月が彼に長い間抱いていた恋心のことだ。

それからというもの、紫冰は珠月の記憶を探ることに、並々ならぬ興味を向けている。

『もしかしたら今夜は例の記憶が視えるかもしれぬ』と言われたら、どうしてもあらがえない。

そうして結局、毎夜抱かれながら、あれやこれやと恥ずかしい記憶を細かく探られて、望まない方向に心眼を使われてしまっているのだった。

（あんなに毎夜、激しくして、紫冰さまはお疲れにならないのだろうか……）

明蘭に髪を結ってもらいながら、珠月はぼんやりと頭の中で考える。

――あり得ないことに、幼い頃から恋していた紫冰と想いを確かめ合うことができた。

それからは、以前は酒の相手をし、手を繋いで眠るだけだったのが、本当の夜伽に変わった。しかも、若く体力のある紫冰は一夜に一度果てるだけでは満足しない。珠月は、彼が二度、三度と遂情するまで、猛りきった雄の欲望を受け入れさせられ、毎夜、気を失うまで愛されている。

よくもこれほどまでの欲望を我慢してきたものだと驚くけれど、彼が珠月の心を雷淵のものだと誤解していたのは自分自身のせいだと思うと申し訳ない気持ちになった。

しかし、いいことばかりではなかった。珠月にかけられた前帝の死に関わったという疑惑は、紫冰の心眼をもってしても記憶を覗けず、未だ払拭できないままだ。

そして、先日、皇帝の食事に毒が混入された事件は、実行した侍女がどんなに追及されても指示した者を本当に知らないのだと言い張り、口を割らなかった。

毒混入の真犯人が不明なため、紫冰は翔舞宮の警戒をいっそう強めている。

そのいっぽうで、紫冰はいっさい珠月への想いを隠さなくなった。

いくらいらないと伝えても、珠月の待遇は日増しに手厚くなっていく。

先日いつもの集まりで翔舞宮を訪れた焔隼は、紫冰から話を聞いたらしく、『うまく纏まったみたいだね』と微笑んでいた。雷淵は何やら忙しいようで顔を見せなかったけれど、元気にしているようだ。

おそらく二人がいなければ、自分が紫冰と両想いになるような奇跡は起きなかっただろう。彼らの思い遣りに、珠月の中に深い感謝の気持ちが湧いた。

紫冰からは『今後のこともちゃんと考えている。心配せずに待っていろ』と言われている。

皇帝の寵愛がいっそう深くなったと知られれば、珠月を疎ましく思う者から、より憎まれることになるかもしれない。様々な懸念は消えておらず、不安な気持ちに苛まれることもある。

（だけど、紫冰さまが、はっきり気持ちを伝えてくださったから……）

思わず戸惑うほど、彼は珠月への想いを明確にかたちにしてくれている。竦む気持ちもあるけれど、珠月が望むことは最初から一つだけで、自然と心も決まった。

——紫冰のそばにいたい。そして、少しでも彼の支えになりたい、と。

「さ、お支度が整いましたよ」

香菱に促されて、珠月は鏡を覗き込む。明蘭が髪の上半分を簪で綺麗に纏めてくれた。

「今日もありがとう。香菱、明蘭も」

礼を言うと、二人がにっこりして丁寧に拱手する。

「今宵も恙（つつが）なくお務めなさいますように」

香菱たちに見送られて衣装部屋を出る。

恋心を抱いた相手にそれ以上の想いを返され、ともに夜を過ごせる。

束の間の幸せを感じながら、珠月は紫冰のもとに急いだ。

先日、仕事に復帰した天蔚は、毒舌を言えるくらいに元気を取り戻したそうだ。

『毒見を命じた件でさんざん嫌味を言われている』と紫氷がぼやき、近々、快気祝いの席を設ける予定らしいと聞いて、珠月はホッとしていた。

そんなある日、翔舞宮に予定のない来客があった。

「珠月に、琳玉さまからの使者がいらしたみたいよ」

「琳玉さまから？」

侍女が知らせに来て、香菱とともに皇帝の衣装部屋を整理していた珠月は首を傾げた。

何やら大切な伝言があるので、直接伝えたいらしい。何事だろうと思いながらも入り口のそばにある来客用の控えの間に通してもらう。

急いで向かい、部屋に入ると、ちょうど抱えられる程度の四角い包みを持った侍女が恭しく一礼する。

珠月より年上らしい綺麗な顔立ちの侍女の顔には、どこか見覚えがある気がした。

（以前、奥の宮を訪問したときに会ったのだろうか？）

頭の中で考えながら、ともかく椅子を勧める。

「琳玉さまからの伝言をお持ちくださったとか」

丁重に勧めを断り、立ったままで侍女は言った。

「はい。こちらが、琳玉さまからの贈り物になります」

「中身はなんでしょう？」

扉を閉めて珠月が訊ねると、侍女は卓の上に包みを置き、「説明はあとでいたします。ともかく、まずはこの箱の中身をご覧になってくださいませんか」と言う。

包んでいた布を開くと、侍女は中の箱を大事そうに差し出してくる。

高級そうな木箱の蓋は二重になっていて、二つ目の蓋に拳ほどの大きさの穴が開いている。

不穏な気配を感じたが、琳玉からと言われると拒みにくい。

ともかく見るだけは見なくてはと、珠月はそっと身を乗り出して覗いてみる。

すると、中で蠢(うごめ)く、どす黒い色をした獣のようなものが見えて息を吞む。たくさんの頭が一気にこちらに向かってくるのを見て、ぞっと血の気が引いた。

珠月は慌てて箱から後退ると、侍女に問い質した。

「こ、これはいったい？」

侍女が静かに蓋を閉める。

「妖魔の子供です。蠪姪(りょうしつ)といって、九頭九尾の獣ですわ。この子の好物は人の血肉なのです。ああ、どうかお静かになさってくださいまし。箱には術がかかっているので、二番目の蓋を開けない限り外には出てこられません。ですがもし、私がこの蓋を大きく開けたら、術は解けて妖魔は解放され、この宮にいる者全員が喰い殺されます」

今まさに警護の兵士を呼ぼうとしていた珠月は、それを聞いて啞然(あぜん)となった。警護にまったく気づかれず持ち込めたということは、箱にはかなり強い術が施されているようだ。

こんなものを皇帝の宮に持ち込むなんて、信じられない。

「……あなたは、琳玉さまの侍女ではないのですね」

小さく微笑んで侍女が頷く。見覚えはあるのに、どこで会ったのかどうしても思い出せない。珠月はほとんど出歩かないので、顔を見たことがあるとしたら、身元もすぐにわかりそうなものなのだが

──。

「妖魔連れで来た目的は？」

侍女は落ち着いた様子で答える。

「あなたに会わせたいお方がいるのです」

一緒に行っていただけますわね、と言われて、珠月は歯嚙みしたい気持ちになった。

紫冰は今宮城だ。警戒のため宮を守る護衛兵は増やされていて、門の前にも常時立っているはずだけれど、彼らがこの侍女を捕らえるのと、彼女がこの箱の蓋を開けるのと、どちらが早いかは考えるまでもない。

「さあ、決断してください。あなたに、この宮の者全員の命を犠牲にすることができるのですか？」

康や香菱、明蘭たちの顔が思い浮かぶ。

──できるわけがない。

目的のわからない謎の女を見据える。皆の命を引き換えにされては、珠月には従う以外に方法がなかった。

『昔、神廟で世話になった古株の侍女が危篤だと琳玉さまが知らせてくれた。外出は禁止されているので、皇帝陛下には伏せて見舞いに行きたい』

香菱を呼び、そんな作り話を伝える。彼女はひどく同情して、密かに宮を出るために協力してくれることになった。

侍女の襦裙に着替えて薄化粧を施してもらい、髪の結び方もいつもとは変える。来訪した女からは『おかしな行動をすれば、すぐに蠪姪を放ちます』と釘を刺されている。そのせいで、香菱と二人きりになれたというのに助けを求められないのが悔しい。

「康さんにはうまく伝えて不在を隠しておくから。陛下がお帰りになるまでには必ず戻ってちょうだいね」

気遣うように言う香菱に見送られ、侍女の服を着た珠月は、待っていた女とともに翔舞宮を出た。門を出るときはさすがに緊張したが、妖力を持つらしい女が何か呟くと、護衛兵たちは見知ったはずの珠月にはまったく気づかずに通してくれる。どうやら、兵士の目を眩ます類いの術をかけたようだ。

「さ、行きましょう」

苦い思いで、珠月は女が乗ってきた小舟に乗り込む。川の流れに乗った小舟は翔舞宮から離れ、宮城の敷地内を進むと、次第に城下街が広がる方角へと向かう。

女は繁華な街中を過ぎた辺りで、小舟を下りるよう珠月を促した。

「――目的地は？」

珠月が櫂を優雅に置く女に問い質すと、「もう少しです」という答えが返ってくる。

小舟を下りて、役所や店が並ぶ人通りの多い道を抜け、女はどんどん小道に入っていく。

「あなたの名前は？」

ふと気になって珠月は訊ねる。

「……華媛です」

偽名かもしれないが、すんなり答えが返ってきたことに驚く。

「私を連れ出した目的は何？」

「お困りの方がいるので、助けてもらいたいのです」

「もしかして、あなたも脅されているの？　だったら、決して悪いようにはしないから、ともかく詳しい事情を話してみてはくれない？」

彼女は一瞬黙ったあとで、「――着きました」と言って足を止めた。

「中へどうぞ。我が主人がお待ちのはずです」

華媛は人けのない裏通りに立つ小さな建物の入り口を指し示す。

こんなところで待ち合わせを？　と疑問に思いつつ、珠月は仕方なく足を踏み入れた。

室内には無造作に木箱が詰まれていて、少し埃っぽい匂いがした。倉庫として使われているらしく、そう広くはない建物の中には誰もいないようだ。

「どこに――」

振り返って訊ねようとした瞬間、後頭部に激しい衝撃を受ける。首が折れたかと思うほどの痛みで息が詰まった。

（嘘だったのか……！）

意識が遠くなるのを感じながら、珠月はその場に倒れ込んだ。


――頬を何かが擦り、うっすらと目を開ける。

土の匂いがすると思いながらぼんやりと眺めているうち、自分は地面に倒れていて、風で飛んできた枯れ葉が頬をかすめたようだと気づく。

珠月が意識を取り戻すと、辺りの景色は一変していた。

（ここは……）

小さな建物の中で意識を失ったはずなのに、今いる場所は木々に囲まれている。人の姿は見当たらない。体の下にあるやけにひび割れた土は、干からびた水底のように硬かった。

（華媛はどこに行ったのだろう……）

重たい体を起こす気力が出ないまま考えていると、「梁岐さま！」という嬉しそうな声がどこかから聞こえた。

見ると、空から翼を持った茶色の天馬が降りてくる。

天馬には男が二人乗っている。前に乗った一人は見慣れない顔で、軍服を着ている。後ろには、宰相で琳玉の夫でもある梁岐の姿があった。天馬から下りた梁岐は、「お前は少し離れていろ」と軍服の男に命じる。軍服の男が一礼し、天馬を連れて速やかに木々のほうへと消えた。

梁岐にいそいそと駆け寄るのは、珠月を脅して連れ出したあの華媛だ。

「まだ始末していないのか」

倒れている珠月をちらりと見てから、梁岐は眉を顰めて華媛に言った。

「はい。ご指示に従おうと」

「時間がない。ほら、目覚める前にさっさと殺ってくれ」

「……梁岐さま」

珠月は、まだどこかぼんやりする頭で声をかける。

珠月がよろめきながら身を起こしたのに気づき、梁岐が驚いたように目を瞠る。

重い頭を上げて痛む後頭部に手をやると、たんこぶができている。ズキズキするが、全身がずっしりと重いのは倒れたときの打撲だろう。それ以外には大きな怪我はないようなのが幸いだ。

「ここは、どこですか？」

訊ねると、梁岐のそばに寄り添っていた華媛が答えた。

「ここは、祥丹国のほど近くにある七塞溝です。今では廃村になって、朽ちた神廟くらいしか建物はありません。人が足を踏み入れることもなく、穢れが強いので、妖魔たちの巣になっている場所なのです」

隣国のそば、と言われて驚くが、納得もした。ここに生えている木々は宮城の敷地内の木とは違う種類のものなのだ。どうやらずいぶん遠くまで連れ去られてしまったようだ。

「なぜ、こんなところに、私を……？」

「梁岐さまのご指示で、最適な場所を探したのですわ」

華媛はどこか誇らしげに言う。

「ここは、過去には豊かな水を湛えていた泉があったのですが、今ではすっかり涸れてしまい、我が国の中でも水神に見放された土地だと言われています。ですから、水神の加護を受ける皇帝陛下にもそう簡単には見つけられないでしょう」

訊けば何もかもをあっさりと答えてくれる華媛を見て、梁岐が忌ま忌ましげな顔になる。くったくのない様子の侍女と一国の宰相という組み合わせは、少々いびつだ。

「梁岐さまとあなたは、お知り合いなのですか？」

「ええ。梁岐さまは私の父のもとに昔から足を運んでおられて、子供の頃から仲良くしてくださいました」

彼女は嬉しそうな顔になってつらつらと話し始めた。

華媛の家は代々呪術師の家系で、父は表向き、宮城にも薬を納めていた名のある薬師だった。父亡きあと、彼女は伝を辿って宮城で働く他の薬師の助手となった。そこで高齢の薬師から丹薬の製造に長けていることを重宝されて、今ではほとんどの薬を彼女が作っているのだという。彼女が宮城で薬を使っていると知り、珠月はぞっとした。

「おい、もうその辺でいいだろう。早く例の妖魔を呼び出せ」

苛立った様子の梁岐に急かされ、華媛は困ったように言う。

「でも、梁岐さま。この手で人を殺したら穢れを受けて、私は宮城の神廟に入れなくなってしまいます。あそこは水神の加護が特に強力なので、罪人は近寄れないのです。これからも薬を届けないといけないのに、怪しまれてしまうかも」

「案ずるな。いくらでも代わりに届けるための侍女を貸してやる。だから、ともかくあいつを殺してくれ。後ろ盾となってくれる大臣と会合の約束があるから、急いで帝都に戻らねばならない。私が剣で殺すと襦裙が汚れるだろう？」

梁岐と話す華媛を見ているうち、珠月の頭がガンガンと痛み始めた。

脳裏に浮かび上がるように、とある光景が鮮明に蘇る。

紫冰に助けられる前のことだ。

覚えている限り、最も古い記憶の、更に向こう側。この世界に放り出されたとき、まだ子供だった

――ぼうっとする頭で目を開けた珠月を覗き込んだ、若い女の顔。

「華媛……私をこの国に呼び寄せたのは……もしかして、あなたなのですか？」

「まあ、思い出したのですか⁉」

彼女は目を丸くして、どこか嬉しそうに言う。

「そうです、もう十四年も前のことですわね。『お前と一緒になるためには、まず皇太子を始末して、権力を握らなくてはならない』と梁岐さまに言われて、ぜったいに足のつかない暗殺者を探していたのです。ですが、あの頃はまだ修練が足りず、ちょうどいい妖魔を捕らえられずにいて……考えた末に、密かに手に入れた書物に書かれていた古代の禁術を使うことにしたのですわ。魂が揺らいでいる者なら召喚できるはずなのに、何度も失敗して、もう駄目かと諦めたところでしたので、成功してあなたが現れたときは驚きました」

華媛は嬉々として思い出すように言った。

まさか、そんな理由で。自分がこの世界に呼び出されたなんて。珠月は憤りを通り越し、気が遠くなりそうだった。

いっぽう、梁岐は苛々して、今にも怒鳴り出しそうなのを堪えているようだ。

梁岐は義弟の紫冰を暗殺させるつもりだった。二人はその共犯のようだが、どうも今一つ嚙み合っていない。

（……ともかく、少しでも時間を稼がなくては……）

そうすれば、きっと紫冰が助けに来てくれるはずだと珠月は信じていた。彼に生きて会うために、必死で話を続けようとする。

「梁岐さま。いったい何が目的なのですか？　私を殺したところで、あなたには何もいいことなどないと思いますが……」

　ことさら柔らかい口調で話しかけると、梁岐は渋々答えた。

「いや、お前さえ殺せば、紫氷は逆上して犯人探しに明け暮れる。政務をおろそかにし、その結果、国は荒れて、配下の者に暗殺されるそうだ。皓燕の託宣は間違いない」

　意外なところで皓燕の名が出て驚く。神廟への寄付を積めば、彼は占術の依頼を断らないとはいえ、なんという結果を告げるのかと珠月は呆れてしまった。

　珠月に授けた占いで、皓燕は〝悪意を持った者がいる〟と言っていた。

　あの忠告は、どうやら、梁岐たちのことだったらしい。

「たとえ紫氷さまが亡くなったとしても、皇太子殿下がおいでです。他にも、黛玉さまと宝玉さまのもとにはそれぞれ男子がおられます。まさか、全員殺すおつもりですか？」

「心配は無用だ。法を変えれば、長女の琳玉が女帝になれる。どうしても不可能なら、未成年の男子しかいない今、我々がまた摂政になると申し出て、裏から操ればいい」

　やはり、梁岐の狙いは帝位を得ることなのか。

「……琳玉さまは、そんなことを望んでおいでなのでしょうか」

　どうにか話を繋ごうとして、珠月がそっと訊ねると、ふいに梁岐の顔が歪んだ。

「――そもそも、私は前皇帝に騙されたんだ！」

　逆上したように梁岐は話し始めた。中流の貴族の出である彼は、薬師の下で働く幼馴染みの華媛と恋仲になり、将来を約束していた。そこを、たまたま神廟の祭礼で出会った琳玉に見初められ、断れずに前皇帝のもとに呼び出された。

当時はまだ末の皇子である紫氷は生まれておらず、帝家には三姉妹しかいなかった。

『琳玉を娶れば、次の帝位はお前のものだ』と前皇帝から言われて、梁岐は泣く泣く華媛を諦め、琳玉との結婚を決めた——それなのに、数年後に皇太子となる紫氷が誕生してしまったのだ。

そのせいで、梁岐の未来は一変した。

「だから、私は、本来手に入るはずだったものを取り戻しているだけだ」

苛立ったように彼は言う。

前皇帝亡きあと、幼い皇太子の義兄である彼は、摂政となって国を動かした。誰もが梁岐に媚びて、喜んで足元に跪いた。

——だが、それも紫氷が十五歳になって帝位を継ぐまでのことだった。

梁岐が紫氷を亡き者にできる機会を執拗に探し始めたのは、そのときからだった。

「だが、誤解しないでもらいたい。異世界からお前を呼び出したのは、華媛が勝手にしたことだ。私が頼んだわけではない」

梁岐に言われて、「梁岐さまが『お前と一緒になるためにも、どうしても帝位が欲しい』とおっしゃったからではないですか」と華媛は口を尖らせた。

「禁術を調べて、何か月もの間、準備を重ねて、暗殺の役に立ちそうな者をやっと呼び出したのに、やってきた珠月さまはまだ子供で、しかも大怪我をされていて……すぐに皇太子殿下の暗殺に使えるような状態ではありませんでした。治ったら使えるかしらと様子を窺っていたら、驚いたことに、暗殺させる標的だったはずの、紫氷さまの宮仕えになってしまいましたしね」

紫冰は彼自身が強い妖力を持っていて、暗殺の機会がまったく巡ってこない。

そんな中、いつまでも結婚しない彼が、一人の側仕えにやけにご執心らしいという噂が梁岐の耳に入った。

まさか過去に自分たちが呼び出した者が、紫冰の寵愛を受けるとは驚いたが、そのとき、梁岐は珠月を改めて紫冰の暗殺に利用できないかと考えるようになった。

「梁岐さまも頑張っておられたのですよ。『珠月は異世界から来て、前皇帝を弑した犯人だ』という噂を何度も流させて、誰か殺意を抱かないか、もしくはせめて、紫冰さまとの間を引き裂けないかと願っていたのです。でも……それも無駄でしたわ」

華媛は困り顔でため息を吐いた。

「どうしてか、何が起こっても、お二人はちっとも仲違いなさいませんわね。それどころか、知り合いの侍女から、最近夜伽の回数が増えているようだと知らされて、本当に落胆しましたわ……でも、まだ諦めるわけにはいきません」

華媛は微笑んで梁岐の腕に手をかける。

「女帝の夫となったら、梁岐さまは琳玉さまに毒を盛って、今度こそ、私を妻に迎えてくださると約束してくださっているのです」

毒、と聞いて、珠月はハッとした。まさか、紫冰の食事に毒を盛ったのも彼女たちが、と気づくと、衝撃が走った。

二人のやりとりを聞いているうち、珠月は殴られたところの痛みが強くなるのを感じた。

いつのものなのかわからない記憶が、怒濤のように脳裏を過っていく。

――十四年前、禁術を行使した華媛の手で、珠月は異世界から呼び寄せられた。

帝位を欲する男と、彼との結婚を夢見る女、二人のそれぞれの身勝手な目的のために。

ふいに猫撫で声を出して、梁岐は華媛の肩を抱いた。

「もう、おしゃべりはいい。こんなに話を聞かせて、万が一逃がしでもしたら私たちは終わりだぞ。妖魔に食わせれば骨も残らないだろう。華媛、どうか今すぐにそいつを殺して、私を安心させてくれ」

「でも……」

梁岐に命じられても、まだ殺すことは躊躇われるのか、華媛は渋っている。

おそらくは琳玉と同じくらいの年だろうが、彼女はどこか浮世離れしているせいか年齢不詳で言動も幼い。訊かれるがまま珠月にすべてを話したりしてとても無邪気だ。

――たとえ梁岐が帝位を手にしても、悪事の協力者だった彼女を、約束通り妻にする気はないだろう。

どうにかして華媛の目を覚まさせることはできないだろうかと、珠月は必死で考えを巡らせた。

しかし、梁岐に強くせっつかれた彼女は、少し離れた木の根元まで小走りする。戻ってきた時には、翔舞宮に持ってきたあの箱を抱えている。珠月が身構える前に、その蓋がパッと大きく開いた。

中から黒い妖魔の塊が飛び出すと、彼女は素早く手で印を結び、何か呪文を唱える。

華媛の呪文で、分かれたり一つに纏まったりしながら、むくむくと膨らんだ妖魔は、真っ黒な九頭九尾を持つ巨大な狐に変化した。

九つの口があちこちに向けて獰猛に牙を剝くのを見て、珠月は息を呑む。

「ごめんなさいね」

すまなそうに言い、華媛が大きくなった妖魔に何か囁く。

九頭九尾の饕娙が珠月に目を留め、のっそりとこちらに近づいてくる。一気に血の気が引き、珠月はよろめきながらどうにか立ち上がる。

（誰か、助けて……‼）

心の中で助けを求めながら、逃げようとした瞬間。手首に嵌めている銀色の腕輪が唐突に外れ、ぽんっと弾けた。

「……紅紅⁉」

突然腕輪から現れたのは、白銀の鱗を持つ一匹の小竜だった。瞳の色が紅いから紅紅だとすぐにわかった。

呆気にとられていると、ぱたぱたと翼を羽ばたかせた紅竜は、珠月を守るように妖魔との間に飛び上がった。

「駄目よ。ここは結界を張っているから、あなたの力は使えないの」

華媛が小竜を見据え、真剣な眼差しで言う。

一瞬だけ動きを止めた饕娙は、小さな竜に怯むことなく、再びこちらに向かってきた。

「ほ、紅紅、こっちにおいで……！」

このままではこの子が食べられてしまうと、珠月は小さな竜に急いで手を伸ばす。

すると、襦裙の懐からぽとりと小袋が落ちて、中からいくつかの小さな白い石が転がり出た。

それは以前、神廟で皓燕からもらったものだ。『肌身離さずに』と言われていたので、お守りのような気持ちで、着替えても常に持つようにしていた。

紅紅はそれを見るなりパッと地面に降りると、小石を嬉々として啄む。

「えっ⁉」

珠月が止める間もなく、あっという間に小石をすべて食べてしまうと、けぷんと息を吐いた。

唐突に、紅紅の体から眩しいほどの輝きが放たれる。

「な、なんだこいつは……⁉」

顔を顰め、光を手で遮りながら、梁岐が驚愕の声を上げる。

小さな竜の体は、皆の目の前で、あっという間に大きな翼竜の姿に変化していた。

バサバサと翼を羽ばたかせるその目は、血のような赤で、珠月も以前乗せてもらった紫冰の騎獣なのだと気づく。

あの翼竜は、紅紅が大きくなった姿だったのか……と、目の前で行われた驚きの変身に、珠月は呆然とした。

「ほ、ほら、早く饕姪に喰わせろ！」

「いけません、翼竜は水神の僕です。殺したりしたら罰が当たります！」

梁岐にけしかけられた華媛が、困り顔で首を横に振る。

しかし、饕姪は醜悪な咆哮を上げると、一気に珠月たちに襲いかかろうとした。

珠月の前にいる翼竜はスッと上を向き、嘴を開くと、突然甲高い声を上げた。

「わ……っ」

まるで、硝子を爪で思いきり引っ掻いた音を何百倍にもしたような、暴力的な鳴き声だった。鼓膜にびりびりとした鈍い痛みを感じて、珠月はとっさに耳を押さえた。

華媛たちも顔を顰め、耳を塞いでいる。

その鳴き声は山の木々を震わせて、はるか遠くまで響き渡り、こだまする。

翼竜の叫びに、饕姪がびくりとして動きを止め、怯えたようにその場に丸くなった。華媛が急いで饕姪に駆け寄る。

「ええい、うるさい、うるさいいっ‼」

ふいに怒鳴った梁岐が、腰に帯びていた剣を抜いた。

「役立たずどもめ。もういい、私がこの手で始末してやる！」

梁岐は言うと、怯えたような妖魔を避けて、珠月に近づいてくる。

珠月が逃げようとすると、ふいに空が曇り始めた。ゴロゴロと雷が鳴り始め、強風が襦裙や髪を強く揺らす。

その場に小さな竜巻のような渦が生まれて、驚いたことに珠月はふわりと足元を掬われた。暴風に煽られた梁岐が、耐えきれずに剣を取り落とす。

珠月の体が風に浮き上がると、鳴くのをやめた翼竜が、襦裙の裾を咥えて必死で引き戻そうとしてくれる。

あえなく布が千切れ、一気に竜巻に持ち上げられそうになった珠月は、手足をばたつかせて、無我夢中で手に触れたものを摑んだ。

「手を離せ‼」

梁岐が怒鳴る。あろうことかそれは、舞い上がった梁岐の長い上衣の裾だった。だが、離せば珠月は竜巻に呑み込まれてしまう。このままでは、どこに連れていかれるかわからない。

必死の思いで摑んでいると、梁岐が叫んだ。

「華媛！　こいつの腕を斬り落とすんだ‼　早く！」

その命令に、翼竜の声でうずくまった饕姪を気遣っていた華媛が、ぽかんとなる。

「そんな……腕は、一度斬ったら生えてこないのですよ？」

困った顔で言う彼女に、梁岐が更に怒鳴ろうとする。

「斬れと言ったら斬れと……」

「――誰の腕を斬れと？」

低い声がして、竜巻の中から一気に白い魂が飛び出してくる。ゆっくりと風がやんで、紅紅の大きな翼に抱え込まれた珠月は、そばの土の上にふわりと着地した。

「し、紫冰⁉　なぜ……」

驚いたことに、小さな竜巻の中から現れたのは、白い天馬に乗った紫冰だった。

「我が伴侶の腕を斬れと言ったのは、梁岐、お前か」

彼は愕然とする梁岐に冷ややかな表情で言うと、騎乗したまますらりと剣を抜く。

梁岐は悲鳴を上げて逃げようとしたが、その前に、紫冰の剣が一閃し、パッと血しぶきが散るところが見えた。

「え……」

梁岐の腕が、半ばから袖ごと地面に落ちる。

梁岐の絶叫が響く中、少し距離を置いた場所でいくつもの竜巻が起こる。

暴風がやむと、そこには騎獣に乗った雷淵たちの姿が現れる。どうやらあの特殊な竜巻は、転移の術によるものだったようだ。

一瞬だけ、こちらを見た紫冰と目が合う。紅紅に守られた珠月は、大丈夫だという意味で必死にこくこくと頷いてみせた。

「紅紅、珠月を頼んだぞ」と彼が言うと、翼竜は先ほどとは打って変わってピーと可愛らしい声で応じる。

梁岐は痛みに身悶えているのか、膝を突きながら進んでいる。

「梁岐さま、ああ、血が……」

真っ青になって駆けつけた華媛に、彼は憤怒の表情で吐き捨てるように言った。

「華媛、こ、ここにいる者を、全員殺せ……！　私の血を、饕姪に与えるんだ……！」

荒い息で、残った片腕で華媛に摑みかかりながら、梁岐は往生際悪く命じる。

「と、とにかく、早く止血しなくては」

華媛はおろおろしながら、斬られた梁岐の腕の付け根に懐から出した布を当てる。梁岐は弱々しい力で彼女を押しのけ、すっかり縮こまっている妖魔のところに向かおうとする。

梁岐が血塗れの手で饕姪に触れようとしたときだ。

雷淵が華媛を捕らえ、素早く脇にどかす。

天馬から下りてきた紫冰の剣が煌めく。珠月がハッとしたときには、妖魔に血を与えようとしていた梁岐の残った腕までもが斬られて、跳ね上がるところだった。

「梁岐さま‼」

華媛が叫び声を上げる。両腕を失った梁岐は、ぼうっとした顔で、一瞬わけがわからない様子だった。どくどくと血しぶきを溢れさせる腕の付け根を見て、彼は震え出す。

「華媛……こいつら、を……」

梁岐は最後まで言えずに、激しく身をけいれんさせながらその場に倒れた。

「俺がとどめを刺す」

紫冰が彼に近づこうとすると、ふいに雷淵に捕らわれていた華媛が暴れ出した。

懐に隠し持っていたらしい、長針を挟んだ手を鋭く雷淵に突き出す。とっさに雷淵が逃れると、彼女はその隙に饕姪に駆け寄った。

「お気をつけください、おそらく毒針です！」

雷淵が声をかけ、紫冰が頷く。

華媛は、梁岐の命令に従おうとしたのかもしれない。翼竜の鳴き声で戦意を喪失していた饕姪に、長針で自らの掌を傷つけると、ぽたぽたと血を垂らして与える。

「気をつけろ、妖魔がいる！」

雷淵が叫び、周りを取り囲む軍人たちが剣を手に身構える。

華媛の血を得た妖魔の体は、青い炎を纏わせて巨大に膨れ上がる。その大きさは、最初に珠月を狙ったときの比ではなかった。

九本の尾で火の玉を撒きながら唸り声を上げ、妖魔は一気に人々に襲いかかった。

複数の軍人たちが騎乗し、騎獣を操りながら妖力を込めた剣で応戦する。

雷淵が饕姪の頭の一つを落とすと、怒り狂った尻尾に別の者が跳ね飛ばされて、騎獣から転がり落ちるのが見えた。

紅紅がもう一度、あの鳴き声を上げてくれたら、妖魔の勢いを止められるのではないか。

ふと気づいて珠月は自分を守るようにそばにいる翼竜にそっと頼んだ。

「紅紅、さっきみたいにもう一度鳴ける？」

ピーピーと、紅紅は小竜のときと同じ声で鳴く。必死に嘴を開けても、あのとんでもない鳴き声はもう出せないようだ。あの声のあと、唐突に紫冰たちが現れた。きっと紅紅は全力を投じて宮城にいる彼らまで届くように、助けを求めてくれたのだろう。

ごめんね、もういいよ、ありがとうと言って、珠月は大きな翼竜の頭を労るように撫でる。

「女を捕らえろ！　血の主が命じるのをやめれば妖魔の勢いも弱まる」

紫冰が叫ぶと、彼の手の者が華媛を捕らえに駆け寄る。

すると、倒れた梁岐を介抱しようとしていた華媛は、勢いよく掌を合わせ、血に濡れたその手を地面に押し当てた。そばの土がぼこぼこと盛り上がり始め、地面から続々と人のかたちをした大きな土の塊が現れる。

「うわああっ、なんだこれは⁉」

「皇帝を殺しなさい！」

華媛が命じると、軍人の人数と同じだけ出現したそれらはゆっくりと歩き出し、すべてが紫冰に向かってこようとする。

その途中で、一人の土人間の足が無造作に梁岐の斬られて転がった腕をぐしゃりと踏み潰す。普通の人間の倍ほどもある土人間の力の強さと心無さに、珠月はぞっとした。

華媛が軍人の手に拘束されると同時に、ふいに饕餮の頭の一つが珠月に狙いを定めた。

「ひっ⁉」

牙を剝いて襲いかかってくるのを見て、とっさに紅紅を守らねばと翼竜を抱えて身を縮める。

紅紅が珠月を咥えて飛び上がろうとする前に、紫冰の剣が鋭く妖魔の目を貫く。

続けて雷淵の豪剣がその頭を落とすと、痛みでか妖魔が悲鳴を上げて暴れ狂った。

気づけば、皆の奮闘で、九つあったはずの蠪姪の頭はもう二つしかなくなっていた。その最後の二つを、紫冰が続けざまに叩き落とす。

軍人たちは土人間に手を焼いているようだが、雷淵が弱点は足だと気づき、戦い慣れた彼らは集中的にそこを責め、次々に戦闘不能にさせていく。

——戦いの勝敗はもはや明らかだった。

すべての土人間を無力にしたことを確認すると、紫冰がまっすぐにこちらへとやってきた。

紅紅に守られて、へたり込んだまま呆然としていた珠月の前に、剣の血糊を振るった彼が跪く。

「怪我はないか?」

珠月はこくりと頷く。

硬い表情で、紫冰は珠月を腕にきつく抱き締める。

天はどす黒い曇り空に変わり、分厚い雲の向こうでは、地響きのような雷が鳴り続けている。

怪我をした者たちの手当てを命じていた雷淵が、紫冰に声をかける。

「紫冰、少し落ち着いてくれ。このままでは、全員がお前の気で死んでしまう」

これは紫冰の妖力なのだろうか。珠月も強烈な圧迫感で呼吸が苦しくなる。ぴりぴりとした空気に、強面の軍人たちもつらそうだ。

「紫冰さま。私は無事です。どうか、お気持ちを鎮めてください」

必死に頼み込むと、抱きついて背中を撫で、珠月は彼にどうにかして落ち着いてもらおうとする。触れていると、彼の中ではまだ激しい怒りの衝動が暴走していることが伝わってくる。

けれど、珠月がしがみついて何度も背中を撫でているうち、紫冰は深呼吸を始める。

フッと呼吸が楽になり、ようやく気を和らげてくれたとわかって安堵の息を吐いた。

しばらくしてから、ふいに紫冰が口を開いた。

「――梁岐の交友関係は、ひととおり調べ上げた」

捕らわれ、後ろ手に拘束されている華媛が顔を上げ、彼のほうを見つめた。

「わかっていると思うが、我が姉は、会うたびに愛を囁かれ、この男から玉のように大切にされていた。他の愛妾たちもだ」

珠月を腕に抱いたまま紫冰が断言すると、華媛はわけがわからないという顔で目を瞬かせた。

「まさか、知らなかったのか？　梁岐には他にも何人もの愛妾がいる。俺を殺せたとしても、たとえその他に邪魔な者を何人殺したとしても、梁岐はお前と一緒になるつもりなどない」

華媛の目が、数歩離れた場所に向けられる。そこに両腕を斬り落とされた梁岐が倒れている。軍人がついて様子を確認しているが、おそらくは瀕死だろう。華媛が止血を施したからか、まだ息はあるようだ。すぐに宮城に運べば、もしかしたら命は助かるかもしれない。

「梁岐さま……嘘ですよね？」

華媛の問いかけに、血塗れの梁岐が、かすれた声で言った。

「は、やく……皇帝を……」

半死の身でまだ執拗に紫冰を狙わせようとする梁岐に、華媛は動揺しているようだ。

紫氷が後押しするように言った。

「お前が呪術師ならば、本当かまことかは自身で占えるだろう」

紫氷の言葉に、華媛はハッとした。驚いたことに、彼女は拘束をするりと解くと、急いで懐から手鏡を取り出す。

紫氷が珠月を背中に隠す。気色ばんだ部下たちに「占わせる間だけだ。警戒は解くな」と雷淵が命じる。

華媛は鏡を見るとぶつぶつと何か呪文を呟く。手鏡が光り、薄く煙が立ち上って黒くなる。

彼女は信じられないものを見るような目で鏡をまじまじと覗き込んだ。

空虚な目は息も絶え絶えな梁岐を通り過ぎ、紫氷たちの手で始末された聾姪の亡骸に向けられた。

彼女の手が鏡を取り落とす。珠月は身を強張らせた。

再び拘束される前に、華媛は軍人の手を振り払って素早く手を合わせ、その手を床に押し当てる。

軍人たちが身構えたが、再びぼこぼこと現れた数体の土人間は、全員が梁岐のほうを向いている。

ヒッと梁岐が息を呑む音がした。

「た、たすけて……っ」

土人間に囲まれた梁岐が縋るような声を出し、肉と骨を押し潰すような異様な音がした。

梁岐が静かになると、その上にばらばらと土人間がかたちをなくし、崩れて土に戻っていく。

華媛は魂が抜けたようにその場にしゃがみ込んでいる。

稲光を放っていたどす黒い雲はいつの間にか去っていた。

穏やかな静けさを取り戻した奥深い山の中で、珠月は紫氷の腕の中に痛いくらいに抱き締められる。

無抵抗の華媛が涙一つ零さず、今度こそ妖力を込めた拘束具で厳重に軍人たちに捕えられるのを呆然と眺めていた。

紫冰たちとともに、珠月は無事に宮城に戻ることができた。

珠月が不安を感じていた間、実は紫冰のほうも動いていた。驚いたことに、彼は珠月との婚約の裁可を得ようとして、着々とその根回しを進めていたのだ。ともかく皇帝の婚約者となれば、容易には手出しできなくなる。だから、彼はここのところ、珠月への想いを隠さなくなっていた。

だが、皮肉にも梁岐たちはその話を知らず、紫冰を逆上させて帝位を奪うため、ともかく珠月さえ殺せればと彼を狙ったのだ。

珠月がいないと最初に気づいたのは、意外にも焔隼だったという。たまたま甘いものを持って、少し早めの時間に翔舞宮を訪れた彼は、応対した香菱がやけにしどろもどろなことを怪訝に思った。詳しい事情を問い質すと、琳玉の侍女が知らせに来て、危篤の侍女の見舞いのため神廟に行ったと言う。

焔隼が念のため、神廟に使いの者を行かせると、晧燕からは、珠月は来ていないし、具合の悪い侍女もいないという答えが帰ってきて、血の気が引いた。

彼はすぐさま宮城の紫冰にそれを知らせ、血相を変えた皇帝の命で、連れ出しに来た女と珠月の捜索が始まった。本来であれば、紫冰が渡した紅紅入りの腕輪を嵌めていれば、すぐに珠月の居場所を見つけられるはずなのに、なぜかまったくどこにいるのか摑めない。焦れた紫冰は禁軍の精鋭を集め、宮城の敷地内すべてをしらみつぶしに捜そうとした。

そのとき、翼竜に変身した紅紅が結界を破って響かせた鳴き声が、主人である紫冰のもとに届いた。

その声で彼らはすぐさま転移の術を使い、七塞溝に駆けつけることができたのだ。

土人間に襲われた梁岐は絶命し、まともなかたちの骨すら残らなかったようだ。

帝位に即いたとき、紫冰は姉の夫である梁岐を尊重して宰相の地位を与えたが、摂政だった頃から、多くの愛妾を持ち、侍女にも手をつけているらしいという梁岐の評判は芳しくはなかった。

それでも、紫冰は姉のことを考えて、お飾りとしての宰相位を与えたまま、政務の重要事項は梁岐の耳に入らないように努めた。

「だが、それが梁岐をつけ上がらせたのかもしれない。もっと早く宰相から降ろして、不埒(ふらち)な真似に厳しく苦言を呈するべきだったんだろう」

梁岐が帝位を望んでいると薄々伝わっていたが、これまでの暗殺未遂では関わりを見つけることができなかった。愛妾はすべて監視の対象となっていたが、幼馴染みだった華媛との関わりは薄く、彼女が監視対象から外れていたことは、むしろ本人にとっても不運だったのだろう。

夫の起こした事件を知ると、弟と、それから自分をも排除しようとする梁岐の企みをかけらも知らずにいた琳玉は衝撃を受けたようだ。しばらく寝込んだあとで、彼女は宮城を出て遠方の屋敷で暮らすことを決めた。琳玉は何も悪くないのにと心が痛んだけれど、伴侶として責任を取りたいという本人の願いだったようだ。

すべてが落ち着いたあと、珠月は神廟にいる皓燕に会いに行った。

どうして珠月が命を落とせば皇帝がどう動くかという、いかにも不審な託宣を梁岐に授けたことを教えてくれなかったのかと訊ねると、皓燕は不満げな顔になった。

「お前に文句を言われる筋合いはない。占術を求める者は誰であっても未来を知る権利があるのだからな。ただ、宰相が託宣を頼みに来たことはないぞ。多くの捧げものを持ってきた侍女にはそんなことを伝えたかもしれないが」

どこの侍女かわからないが、その娘は華媛とは別の者だったようだ。もしかしたら、また他の愛妾を送り込んだのかもしれないと思うと、梁岐にはほとほと呆れてしまう。

「それに、お前には救いとなるエサも与えておいただろう」と言われて、一瞬疑問に思ってから、あっとなった。

思い当たったのは、彼に渡されたあの白い小石だ。

――つまり、皓燕には、紫冰が珠月の身を案じて紅紅入りの腕輪を着けさせていたことも、その後、珠月が攫われ、危機的状況に陥ることまで、すべてがお見通しだったというわけだ。

あのままでは、水神の加護の届かない場所で、小さいままの紅紅は助けを呼ぶことができなかった。一人と一匹は、梁岐たちによってもろともに始末されていただろう。

それを見通していた皓燕は、珠月にあの特別な石を渡した。彼によると、あの小石は神廟の裏にある清らかな泉の底ではぐくまれた特別な玉で、紫冰が四竜に与えているのと同じ、竜のエサとなる莫大な妖力が込められているという。

ありがたい話だったが、そんなことなら事前に一言説明しておいてくれたら。そう思ったけれど「自ら知ろうとしないお前に伝えれば、未来が歪む。小石さえ渡せばどうにかなるという結果が出ていたから、放っておいたままでだ」とあっさり言われる。要するに、占ってほしいと頼みに来なかった珠月の自業自得だというわけだ。

助けてくれたり突き放したりと、皓燕は何を考えているのかさっぱりわからない。

けれど、彼のあの助けがあったからこそ、紅紅は水神の加護のない場所で力を得て、翼竜に変化することができた。そして、血眼になって珠月の行方を捜索していた紫冰たちに居場所を伝えることができたのだ。

新たな宰相が選出されて、梁岐の件で一時騒然としていた宮城はじょじょに落ち着きを取り戻した。

捕らえられた華媛は、大人しくすべての罪を打ち明けているという。

療養中だった天蔚のもとに届いた送り主不明の見舞いは、華媛が密かに手配したものだった。

つまり、天蔚が苦しんだあの毒も、やはり梁岐たちの差し金だったのだ。

梁岐は、翔舞宮に入る新しい侍女を密かに調べさせ、正体がわからないよう使いの者を通じて、侍女の家族の命を盾に脅しをかけていたそうだ。そして、密かに毒薬を渡して皇帝の料理に混入させた。

毒入りの料理は、毒見役の珠月でも皇帝本人でも、どちらが食べても皇帝に害を与えられる。だから、梁岐はどちらでも構わないと言っていた、と華媛は語っていたそうだ。

事件を知らされた宮城の薬師は、薬学に通じ、よく働く真面目な弟子である華媛を高く買っていた。なぜそんなことをと深く嘆いていたそうだ。

華媛はただ、現実を知らない子供が夢を見るみたいに、梁岐との幸せな将来だけを思い描いていた。

彼に言われるがまま利用され、哀れにも後戻りできない悪事に手を染めていったようだ。

華媛の告白の中には、意外な収穫もあった。

彼女は何度も失敗を重ねたあと、珠月を異世界から呼び寄せることに成功したあの禁術についても、書物の場所と詳細な方法を説明しているというのだ。

事件が終息した翌月のある夜のこと。

宮に戻ってきた紫冰は、寝所で珠月と二人きりになってから、その話を教えてくれた。

「お前を元の世界に帰す方法は、時間と場所を選ぶかなり難しい術ではあるものの、存在しているようだ。反省している様子なので、華媛に協力させて、他の宮廷術師に術を行使させることはできるかもしれない」

難しい顔をした彼に「帰りたいか」と訊かれる。

「いいえ」

珠月は一瞬の躊躇いもなく答えた。

「……迷いはないのか？」

驚いた様子の紫冰に、珠月は「はい」と頷く。

「帰っても、私を待っている人はいないので」

「まさか……思い出したのか⁉」

紫冰の問いかけに、珠月はもう一度、ゆっくりと頷いた。

――華媛に捕らわれたとき、珠月は頭を激しく殴られた。

そのせいで、幸か不幸か、心眼で何度見てもらっても覗けずにいた、この世界に呼ばれるまでの記憶を取り戻していたのだ。

珠月――元の世界での『珠莉（しゅり）』は、日本という国で生まれ育った。

父親は薬学科の大学教授で、世界各地に生息する薬用植物の研究に明け暮れていた。母のほうは保険会社に勤め、役職付きとして部下を抱え、毎日忙しくしていた。

共働きの両親のうち、夜は家にいて、優しい父のほうに珠莉は懐いていた。いつも父の書斎に入り浸り、片っ端から本棚の本を読んでいたせいで、植物の知識は自然と身についた。父も、自分の研究に興味を抱く息子を可愛がり、一緒に採ってきた薬草を煎じて薬を作ってみたり、毒草を見分ける方法を教えたりしてよく構ってくれた。

しかし珠莉が小学校五年生になった頃、父が過労で倒れ、突然帰らぬ人となった。それが珠莉にとっての不幸の始まりだった。

葬儀を終えるなり、父とはすれ違いの日々が続いて愛情も冷めきっていた母が、父の蔵書や植物標本のコレクションを何もかも処分しようとするのに、珠莉は必死で抵抗した。

そんな息子に母は激怒し、勝手に業者を入れて、父に関わるすべてを売り払ってしまった。

当時、どうやら母にはすでに恋人がいたようだ。休日は常に留守で、帰宅は遅くなり、珠莉は一人で過ごすことが多くなった。帰ってきても、思い通りにはならない息子を怒鳴り、睨みつけ、時には物を投げてきて、珠莉は母を恐れ、いつしか母子の間には会話もなくなっていた。

そんなある夜、珠莉は、珍しく母から『父方の祖母が珠莉に会いたがっているから』と誘われた。母との遠出は気が進まなかったが、病床にある祖母に会いたくて、仕方なく車に乗った。

しかし、深夜に着いたのは祖母がいる病院ではなく、どこかもわからない場所にある大きな橋の上だった。車から降りるように言うと、母は『あなたなんかいらないから、もう帰ってこないで』と、信じ難いことを冷たく言い放った。

そこの橋から落ちて死んでもいいし、生きたいなら山の中で暮らせばいい。

そう告げると、追い縋る間もなく母の車は去った。その場に置き去りにされて、珠莉は呆然とした。捨てられるほど疎まれていたことに驚いたけれど、不思議と悲しくはなかった。大好きだった父を失った悲しみと、母との諍いに疲れきっていて、もう何も考えられなかったのだ。

そのあと、橋から落ちたのが、自分の意思だったのか、それとも不幸な事故だったのかは、今となってはわからない。

だが、自分が華媛の召喚術に呼び寄せられた理由は、なんとなくわかる気がした。

――『珠莉』はおそらく、あの瞬間、誰よりも深い絶望の中にいたから。

珠月が話す過去の出来事を、紫冰は黙ったまま、険しい表情で聞いていた。

「……華媛は魂が揺らいでいる者なら召喚できる、と言っていました。私が禁術で呼び寄せられたのは、おそらく、以前いた世界にも、家族にも、いっさいの未練がなかったからだと思います。父を亡くして、母にはいらないと言われて……もうすっかり、世の中に絶望していたんです。ですから、記憶を取り戻したあとも、一度も元の世界に戻りたいとは思いませんでした」

「珠月」

痛ましげな目で見つめる紫冰に、珠月は微笑む。

「この国に来てからの日々のほうが、ずっと幸せだったんです」

珠月は少し悩んでから続ける。

「梁岐たちのしたことは、決して許されることではありません。ですが……私はこの世界に来て、紫冰さまに巡り合い、新たな人生を得ることができました。そのことだけは、感謝しています」

そこまで話すと、珠月は覚悟を決めて告げた。

「ですから……もしお許しいただけるなら、これからも、紫冰さまのおそばでお仕えさせてください」

沈痛の面持ちで聞いていた紫冰が、真剣な顔で珠月を見つめた。

「それでよいのか」

珠月はこくりと頷く。

「珠月……では本当に、ずっとここに……俺のそばにいてくれるのか」

紫氷が感嘆するように言って、珠月を引き寄せる。

はい、と頷いて、珠月は愛しい者の胸に身を委ねた。

「この世界に来てあなたに会えたことは、私にとって、人生で何よりも幸運な出来事でした」

俺もだ、と囁き、感極まった様子の彼の腕の中に抱き締められる。

額を擦り合わせ、唇を深く重ねられる。

差し込まれ、絡み合わされる熱い舌が、言葉にせずとも雄弁に紫氷の想いを告げてくる。

——珠月がそばにいることが嬉しい。誰よりも、何よりもお前を愛している、と。

珠月は生まれ育った世界に、心の中で別れを告げた。

*

梁岐が起こした事件から、半年ほど経った頃。

劉華国皇帝と、徐家の養子となった珠月との結婚話が知らされ、国中を騒がせた。

——その翌月の今日。身内のみが参列する中、水神に結婚の裁可を授かる儀式が神廟で執り行われようとしている。

劉華国において、皇帝が結婚する際には見定めの儀式が行われる。まずは神廟で誓いを立て、水神に結婚相手を認めてもらう必要があるのだ。

儀式を執り行う祭祀は、白い礼装を纏った皓燕だ。

「――皇帝と伴侶は、水神に捧げものを」

皓燕に促され、冠をつけた紫冰がこちらに目を向けた。

今日の彼は、黒い中衣の上に、白地に金糸の刺繍を施した正装の襦裙を纏っている。

内々の儀式ながら、なぜか戴冠式や成人の儀のときよりも堂々と誇らしげに見える。

珠月のほうも、今日のために新たに誂えてもらった、濃い赤色の中衣の上に紫薇花色の襦裙を着ている。真珠をあしらった冠の重さを感じながら、緊張の面持ちで紫冰を見つめた。

珠月は、頷いた彼に倣い、祭壇の前でともに膝を突く。

紫冰側の参列者は、琳玉と二人の姉、友人である雷淵と腹心の部下である天蔚。そして珠月のほうは、珠月の養父となった焔隼に、親しい康と、張り切って今日の支度を手伝ってくれた香菱に明蘭だ。「こいつらもどうしても参列したいそうだ」と紫冰が苦笑して呼び出した四竜たちも、今日はちんまりとした姿でお利口に祭壇の前に並んでいる。

これからのことは考えている、とは言っていたが、紫冰が、まさか珠月を正妃として迎えるつもりだとは思ってもいなかった。しかし、異世界人であるうえに身寄りのない使用人の身では、さすがに周囲を認めさせることが難しい。

そこで紫冰は焔隼たちと内々で話し合い、徐家当主である焔隼の家に、珠月の身柄を名目上預け、養子として迎え入れてもらうことになった。

『ちゃんとしろ、っていうのは私が言い出したことだし、珠月の力になれるなら願ったり叶ったりだよ』と焔隼は笑っていた。正妃として迎える覚悟があるとは、紫冰を見直した、と。

雷淵のほうも『俺の弟として王家に迎えるのでも構わないぞ』と最後まで言ってくれて、珠月はありがたい気持ちでいっぱいになった。

二人のごく身近な者たちが見守る中、紫冰と珠月は、しきたりに則った捧げものをしていく。

儀式に慣れている紫冰は落ち着いたものだが、珠月は抑えようとしても手が震えてしまう。

緊張しすぎて、巫女に手渡された酒を祭壇に捧げるときは零し、脚付きの膳に載せて持ち上げた立派な魚の干物は落としそうになる。素早く紫冰が手を出し、一緒に持ってくれてどうにか事なきを得ると、心配そうに見守っていた正装姿の香菱たちが、ホッと息を吐くのが見えた。

高級な酒や、食べ物、反物など、必要な品目をすべて捧げ終わる。

「我、劉華国皇帝である紫冰は、徐珠月を伴侶とする。生涯をともにして、命尽きるまで支え合い、愛することをここに誓う」

紫冰が告げると、皓燕が祭壇に向けて厳かに言った。

「水神よ、劉華国皇帝の結婚に裁可を授けられよ」

珠月は思わずごくりと唾を飲み込む。

磨き上げられた神廟の祭壇には、特別な呪文を彫り込んだ赤い蠟燭が並んでいる。

並べられたそのすべてに火が点けば、劉華国を統べる水神から、無事に結婚の許可が下りたという証しとなるらしい。

皓燕の言葉で、誰も触れていないのに、両端の蠟燭からぽつぽつと火が灯っていく。

息を呑んで不思議な光景を見守っていると、最後に残った真ん中の二本の蠟燭のうち、一本にぽうっと火が点いた。

（あと、一本……）

しかし、その最後の一本になかなか火が灯らない。

やはり、異世界人で、しかも平民である自分は、水神に認めてもらえないのだろうか。

珠月は絶望的な気持ちになった。

お願い、点いて、と胸の前で手を合わせて、必死で祈る。

ふいに、ぱたぱたと飛び上がった四竜たちが、火の点いていない蠟燭のそばまで行く。

紅紅と白白、冥冥の三匹はピーピーと鳴きながら、必死の顔で蠟燭の周りをぐるぐると飛ぶ。

藍藍だけは、なぜか皓燕のところに行って彼の肩に止まり、何かを訴えるように鳴いている。

すると、残った蠟燭から、突然噴き上がるような激しい炎が立ち上った。

「わっ⁉」

「こら、お前たち、やりすぎだ」

驚いて腰を抜かしそうになる珠月を守るように抱き寄せて、紫冰が呆れ顔で笑う。

「これで裁可は完了だな？」と紫冰に訊ねられ、皓燕が片眉を上げて頷く。

「……まあ、いいだろう」

水神の裁可をもらえたとわかるのか、小竜たちは大喜びでぐるぐると祭壇の上を回っている。

「ご婚約、まことにおめでとうございます」

皓燕が祝いの言葉を告げると、参列者たちも次々に祝福の言葉をくれる。膝を突いていた珠月は、紫冰に手を引かれてよろめきながら立ち上がった。

「どうした、そんなに不安だったのか？」

ふらつきそうな珠月の体を支えてくれながら、紫冰がおかしそうに顔を覗き込んでくる。

「もし、水神様の裁可をいただけなかったらと思うと心配で……昨夜は眠れなかったのです」

恥を忍んでこそこそと打ち明けると、眩暈がするというような顔で、彼がきゅっと目を閉じた。

「紫冰さま？」

呆れられてしまったのかと珠月は慌てる。

すると、目を開けた紫冰が、さっと身を屈めて、突然、唇を奪われた。

「……!?」

一瞬のことだったが、皆のいる前での出来事に、珠月の顔は真っ赤になる。

「おい、神廟で淫らな真似をするんじゃない」

驚きで珠月が動揺していると、晧燕から不満げな声がかけられる。

「婚約の誓いの口付けだから、淫らではない」

珠月を抱き寄せて言う紫冰は、この上なく機嫌がいいようだ。

「俺の伴侶があまりに可愛らしくて、耐えきれなかったのだから仕方ない」

明蘭と香菱が頬を染め、琳玉たちはにっこりしている。久し振りに顔を合わせた琳玉は少し瘦せてしまったようだが、思ったより元気そうな様子だ。晧燕の頼みで、これからはたまに神廟にやってきて巫女たちに琴を教える予定だと言い、珠月たちを安心させた。

小竜たちはおおはしゃぎで廟内をぐるぐると飛び回り、何やら白銀の輝きを撒いている。一見雪のようなそれは、指に乗せても溶けることはない。

わあっと声を上げて、明蘭が急いでそのきらきらしたものを拾っている。

「これはなんでしょう？」

指の上のものを眺めながら、不思議に思って珠月が訊ねると、皓燕が答えた。

「それは竜の祝福だな。この子らはいいことがあると、その身から貴重な白銀のかけらを撒くんだ。小竜を使役することができた皇帝がいたのはもう何百年も前のことだから、ずいぶんと久し振りだな」

「つまり、滅多にない吉兆ということだ」

目を細めて白銀を眺める皓燕の言葉を引き継ぐように、紫冰が言った。

「そのくらい、小竜たちも俺たちの婚約を喜んでいるということだな。おそらく、結婚式当日には、水神が更に多く振り撒くことだろう。な、皓燕よ」

皓燕は再び渋面を作り「それは命令か？」と紫冰を睨む。彼らの話の意味がわからず、珠月は目を瞬かせた。

ふいに四竜たちがぱたぱたと羽ばたきながら寄ってきて、皓燕の肩や頭に止まる。

小竜は、紫冰と珠月以外の者にはほとんど懐かず、香菱や琳玉たちにでさえもこんなふうにすることはないのに、なぜか仏頂面で愛想のかけらもない皓燕のことは好きなようだ。

皓燕のほうも、髪を啄まれたり襦裙の袖に潜り込まれたりしても少しも怒らずに小竜たちの好きにさせている。ふわっと飛んだ紅紅が、今度は紫冰と珠月の間にやってきて、どちらに止まろうか迷ったあとで、ちょこんと珠月の手に止まった。

「紅紅たちは紫冰さまに一番懐いていますけれど、皓燕さまのことも大好きなのですね」

頬を緩ませながら珠月が言うと、紫冰は当然のように言った。

「それはまあ、親というか、兄というか……身内のようなものだからな」

「え？」

小竜の身内と言われると、まるで普通の人間ではないみたいだ。珠月が首を傾げると、紫冰は苦笑して頷いた。

「まあ、結婚式の日にはわかる。きっと水神が白銀の祝福を大盤振る舞いして、我が国の民は大喜びするはずだから」

そう言うと、紫冰は満面に笑みを浮かべて、大事なものを扱う手つきで珠月を抱き寄せた。

＊

「めでたい日のあとになんだが……二人とも、本当にこれで良かったのか？」

通路で話す雷淵の声が、寝所にいる珠月の耳に届いた。

婚約の儀式を終えたあと、紫冰は様々に尽力してくれた雷淵と焔隼とともに酒を交わした。

珠月は宴の疲れで休んだと紫冰から伝えられ、先に寝所に下がっている。

皇帝の寝所は、私的な応接の間から一つ部屋を空けた隣にある。扉を閉じていれば、普段は声が聞こえてくることはない。

だが、今か今かと紫冰の戻りを待っていた珠月は、通路に面した格子のついた小窓を開けていたため、部屋を出た彼らの声が聞こえたようだ。

「今更だろう。珠月がいいって言っているならいいんじゃないか？」

祝杯を挙げ終わり、ちょうど帰るところなのだろう、通路からは、笑みを含んだ焔隼の声も聞こえてくる。

「ああ、もうじゅうぶんに話し合った。珠月もこれが一番いいと納得している」

それに答えるのは、穏やかな紫冰の声だ。

珠月との今後に関して、紫冰は宮廷の細事に詳しい官吏を通じて、劉家の結婚の前例をすべて調べ上げた。それを元に、大臣たちに賛同させるための策を練った。

もちろん、珠月自身とも相談したのちに、最終的に紫冰は『珠月と婚約を交わし、妃として正式に召し上げる』と決めた。

珠月は我が正妃とするが、その代わり、妃が公式の場に参列するのは、年に一度の立国記念の祭礼のみとする。劉家の慣例に従い、他に妃は娶らず、愛妾も作らない。

彼は朝廷でそう宣言したのだ。

話し合いの当初、この国の民ではないうえに同性である珠月を、あろうことか正妃に迎えたいという紫冰の願いは、一部の大臣たちからは強い反発があった。

その声を上回ったのは、珠月を皇帝のそばに置く利点を重視した者たちだ。

水神の加護は劉華国ではなく劉家の上にある。水神の加護を得続けるためには、劉家が安泰であることが必須条件なのだ。

そして、劉家に代々伝わる心眼を含めた妖力は、伴侶の愛情を得ることによってよりいっそう力を増すと言われている。

前帝は妃を失ってから心を荒らし、そのせいで彼の晩年はたびたび国は災害に見舞われていた。

紫冰の治世となってからずいぶん安定したが、独り身の間は、年に数回は彼の力をもってしても抑えきれない嵐が起きていた。

その点、珠月の心が自分にあるとわかってからの紫冰の妖力は安定し、天災を抑えて広大な国を守護するにじゅうぶんすぎるほどだ。天候が安定すれば農作物はよく実り、漁にも安全に出られる。災害の修復作業がないので、労役も減ってといいことずくめだ。

水神の気も充実し、劉華国にある鉱脈からは続々と金銀や高価な玉が掘り出されて、人々を喜ばせている。

晧燕の託宣においても、紫冰の治世が続く限り劉華国は安泰だろうと告げられている。

その多大なる恩恵を考えれば、ようやく皇帝が見つけた愛する者を排除するのは、あまりにももったいないことだ。

逆に、珠月が攫われたときの滅多にない大嵐を思えば、もし理不尽なかたちで彼を失いでもすれば、皇帝の絶望がどんな災害を引き起こすかもわからない。

紫冰は半年近くの時間をかけて、そのことを劉華国の大臣や高級官吏たちに納得させた。

そうして、最終的に反対派の者たちは、紫冰に心から仕えて彼を支え、静かに暮らす伴侶の存在を認めることが決まった。

紫冰たちの間に子は授からない。けれど、そのうちに、まだ若い皇太子——皇帝の甥もそう遠からず成人する。先々、何か問題が起これば、紫冰は速やかに皇太子に帝位を譲り、後見の地位に就くことも考えているという。

だが、そんな日は来ないだろうというのが、宮廷に出仕する者たちの間では大方の予想だ。

そうして珠月は、劉華国で初めて、異世界人で、かつ男の身でありながら、劉華国皇帝の伴侶となることを許されたのだった。


「——珠月、待たせたな」

天蓋から垂れた布をよけて、紫冰がそっと名を呼ぶ。

友人二人を見送ったあと、彼は儀式に出た正装のままで寝所に戻ってきた。

珠月のほうはといえば、せっかくの襦裙を中途半端に乱した半裸の姿で、牀榻に横たわっている。綺麗に結い上げてもらった髪は崩れ、初めて被った立派な金と玉をあしらった冠もとれてしまいそうだ。

しかも、すでに唇と乳首はすっかり腫れ、昂りの先端を蜜で濡らしている。

内々での婚約の儀式は滞りなく済んだけれど、その後の雷淵たちとの私的な宴席に、珠月は侍らなかった。

——いや、侍れなかった、というほうが正しい。

いったん宴を中座した紫冰は、珠月を寝所に連れて入るなり抱き締め、性急に唇を奪った。

ひとしきり体に触れ、珠月の体を熱くさせたあとで、ふいに彼は身を離し、『雷淵たちを見送ってくる。すぐに戻るから、このままで待っていろ』と命じてきて、珠月は驚愕した。

それから牀榻で横になったまま、熱の灯った体を持て余しながら、紫冰の戻りをじりじりと待っていたのだ。

ようやく戻ってきた紫冰を、珠月は頬を赤く染め、恨めしい気持ちで睨んだ。

「いい子で待っていたか」

そっと伸しかかってきた彼が、襦裙からあらわになった珠月の肩に愛しげに口付ける。乱れた中衣を引き下ろしながら体を撫でているうち、興奮したままの昂りに気づいたらしい。

「ああ、こんなに蜜を零していたのか、可哀想に……」

「あ……、え……っ？」

身を起こそうとした珠月は、再び敷布の上に押さえ込まれた。その体勢のまま、膝裏に手をかけられて、ぐいと片脚を開かされる。

「……っ！」

背後から紫冰が珠月の小さな尻に口付けてきた。大きな手が臀部を割り、興奮した様子の熱い息が吹きかけられて、身を強張らせる。

「お前は、こんなところまで初々しくて綺麗だ」

囁きのあと、あろうことか、蕾に湿ったものが触れて、珠月は愕然とした。それが彼の舌だと気づくなり、ぬめぬめとしたものが敏感な後孔をなぞる。信じ難い行動に、羞恥で体が燃えるように熱くなる。

「お、お待ちくださ……っ、嫌です、だめ……っ」

珠月は腰を捩り、どうにかして逃れようと必死に脚をばたつかせる。

り込んでくる。

「こら、暴れるな。待たせた詫びをするだけだ」と、彼は言う。

ぴちゃぴちゃと音を立ててそこを舐め回し、たっぷりの唾液で濡らした蕾に、ぬるりと熱い舌が入り込んでくる。

「いやっ、お許しを……、う、うぅ……っ」

皇帝である彼にこんなことをさせてはいけない。そう思っているのに、躊躇いもなく秘所を舐める紫冰の舌の感触に理性を掻き乱される。

「ん……ぁ、あ……だめ……っ」

どんなに頼んでも彼は許してはくれない。

力の差で押さえ込まれては逃れられず、差し込んだ舌で思うさまそこを弄られる。不快感と快感が綯い交ぜになった感覚に、身をひくつかせながら珠月は必死で堪えた。

ねっとりと後ろを舐めて唾液で滴るほどそこを潤すと、舌が抜かれて今度は指が差し込まれた。太くて長い彼の指が、珠月の狭い内部をじっくりと解していく。

「あっ！」

彼の指は、すぐに珠月が悦ぶ場所を見つける。珠月がびくっと身を震わせたことに気づくと、笑みを浮かべた気配がして、念入りにそこを攻め立てられた。

くぷくぷという音とともに出し入れされる。いいところを擦られると、自分のそこが紫冰の指を無意識にきゅうきゅうと食い締めてしまう。

「そんなにきつくするな」と苦笑されて恥ずかしい。力を抜きたいのに、自分の体がままならず、中を弄られるたびに大げさなほどの反応を返してしまう。

快感を堪えていると、ふいに彼の手が前に回され、くちゅりと音がして珠月は息を呑んだ。

「ひゃ……っ」

小さな双球とすっかり勃ちきって濡れた茎の根元を、大きな手で纏めてきゅっと摑まれる。

「あっ、あ……んんっ」

弱い後ろと前を同時に弄られてはひとたまりもない。すっかり先端を濡らしている昂りを巧みな手の動きで執拗に揉まれると、あっという間に珠月のそこは溜まっていた蜜を溢れさせる。

彼の手に蜜を搾られて、ぐったりと脱力した珠月が、胸を喘がせていたときだ。

「――失礼いたします、皇帝陛下」

扉の外からかけられた声に、珠月はひくっと身を強張らせる。それは、康の声だ。

「なんだ？」

うつぶせの珠月に伸しかかりながら、紫冰が何気ない様子で答える。

「大臣たちから婚約祝いの品が届いています。主人の祝いの言葉を直接お伝えしたいとのことで、何人かは手紙を携えた使者も来ているようですが、いかがいたしましょう」

「そうか。少し待て」

紫冰は康にそう言うと、声を潜めて珠月の耳元で囁いた。

「……どうする？　対応に出てもよいか？　ああ、一人に応じたら次々と使者が来て、しばらくは戻れなくなるかもしれないな」

耳朶に口付け、からかうように言われて、泣きそうになった。

こんなに昂らせておきながら、そんなことを言うなんて、と。

「だが、お前が望むなら、もちろん行かない。どのようなことでも望み通りにするが……」

紫冰はそう言って、半裸にさせた珠月の項に口付けながら、顔を覗き込んでくる。

珠月は自らの口元を押さえ、荒い呼吸の音が漏れないようにするだけでも必死だった。

すっかり慣らされた後孔は、彼の雄を待ち侘(わ)びている。

まだ挿れられてもいないうちから、もう立てないほどになってしまっているのに。

「……紫冰さま、ひどいです」

震える声で彼をなじる。

苦笑した紫冰が、頭の横に腕を突いて、顔を寄せてくる。

「愛しい珠月よ、どうか一言でいいから俺を欲しがってくれ。今日ぐらいは、心眼で暴くのではなく、お前がその口でねだる言葉を聞きたいのだ」

意外なことを乞われて、じっと彼を見上げる。

しばらくして諦めたのか、彼が立ち上がるようなそぶりを見せる。珠月は慌てて重たい身を起こすと、紫冰の襦裙の裾を摑んだ。

「……っ、い、行かないで……」

声を潜め、涙目でねだると、彼がびくりと肩を揺らした。

紫冰は何も言わない。焦りを感じ、どうしていいのかわからずに、珠月は震える手を紫冰の腰帯に触れさせる。その手を滑らせて、膝立ちの彼の下衣を押し上げている昂りにおずおずと触れた。

「——待たせて済まなかったな。俺はもう休んだと伝えてくれ。礼は改めてする」

そう言いながら、紫冰は腰に帯びていた剣を外すと枕元に置く。

康が下がっていく足音がして、珠月は安堵で深い息を吐いた。

「まさか、お前がそのような誘い方をするとは」

腰紐を解き、下衣を脱いだ彼が、珠月の顎を掬い上げて唇を押しつけてくる。性急な動きで求められ、珠月はようやく、自分が服越しのモノに触れたことが、彼を激しく興奮させてしまったようだと気づく。

「あ、あの、今日は私が……」

そう申し出ると、珠月は上衣の前を開けた彼の中衣の紐を解く。袴を下げると、紫冰の雄はすでに硬く滾り、上を向いている。

「いったい何をしてくれるつもりだ？」

訊ねてくる紫冰は、いかにも楽しそうだ。

珠月は思い切って太い茎に手で触れ、そっと掴む。恐ろしく熱く、珠月の手には余るそこをぎこちない動きで扱くと、どくどくと激しく脈打つ。

恐れを感じたが、いつも彼に触れられて身を委ねるばかりの珠月は、今日こそは何かせねばと必死だった。

敷布に片手を突いて身を屈めると、そっとそこに顔を近づける。

唇で触れ、それから舌を出してぺろぺろと舐める。どうされたら気持ちがいいかを考えながら、もそもそと根元を手で扱いたり擦ったりしてみる。舌を伸ばし、裏筋を舐め上げると、熱い茎がびくびくするのがわかった。

「い、いかがでしょう……？」

ちらりと視線だけを上げて珠月は彼の様子を窺う。奉仕する様子を凝視していたらしい紫冰が「とてもいい」と短く言って、髪を撫でてくれた。褒められてホッとし、珠月はがぜん張り切った。

「舌が敏感なお前に奉仕させるのは、なんだかすまない気持ちになるな」

紫冰が囁き、必死で舌を動かす珠月の頬を優しく撫でる。

そう言いながらも、やめさせないところを見ると、おそらくはこの奉仕が気に入ってくれたのだろう。先端の膨らみにせっせと舌を這わせれば、先走りの蜜が滲んでくる。どうにかして咥えられないかと試行錯誤したが、紫冰の一物は自分の口には大きすぎて、うまく入れられない。涙目で口を開けてもごもごしているうち、どろりとした濃い蜜が舌に触れ、ぴりぴりと痺れるような感覚に驚く。

「んんっ」

唐突に腕を摑まれて身を起こされたかと思うと、荒々しい接吻で唇を塞がれた。

「はあ……、お前ときたら、たどたどしいのにやけに淫らで、眺めているだけでも放ってしまいそうだ」

彼はぼやくように言うと、荒々しく上衣を脱ぎ落とす。珠月を抱き、中衣もすべて脱がせてから、敷布の上に横たえさせた。

用意されていた香油を手に取ると、うつぶせにさせた珠月の腰を引き上げて、四つん這いの体勢になるよう促す。それから、性急な手つきで香油を後孔に塗りつけてきた。

「あ……、ん……んぅっ」

ぐちゅぐちゅといういやらしい音がして、入り込んできた太い指に奥のほうまで濡らされる。ぐるりと指を蠢かされて、すぐに指が増やされる。いつものように感じさせるみたいな動きではなく、明らかに繫がるための準備だ。そう気づくと、珠月の頬は燃えるように熱くなった。

ひとしきり忙しなくそこを慣らすと、指はすぐに抜かれた。もはや一刻の猶予もないというように、荒い息を吐きながら、硬くて大きな彼の体が伸しかかってくる。

「ひ……ぅっ！」

硬い先端が擦りつけられ、無理なほど大きなものでずぶずぶと中を貫かれて、珠月は衝撃に身を強張らせた。

滾りきった太く長い紫冰の雄が、狭い中を容赦もなく自らのかたちに押し開いていく。

一息に最奥までずんと押し込むと、彼は珠月の腰を大きな手で摑み、馴染ませるように数度、奥を突いてくる。

「……っ！　……ぃ、あ、あっ」

ずっと求めていたものをようやく与えられて、珠月は脚をがくがくさせながら、まともな言葉にはならない嬌声を上げた。欲しがってわななく内壁が、喜んで彼の昂りを食い締める。

「あ、あっ！」

長く待たされた珠月は堪えきれず、前からぴゅくっと蜜を溢れさせた。

達して震える体を背後から強く抱き締め、紫冰が苦しげな息を吐く。

ぐったりして腕に力が入らなくなった珠月の腹に手を回して身を起こすと、彼は膝の上に乗せた。

「紫冰さま……っ、ひ、あ……んっ」

出したばかりの敏感な体に、雄をより深く呑み込まされて、珠月はたまらずに喘ぐ。

彼はわずかも休むことなくぬちゅぬちゅと音を立てて激しく突き上げ始めた。

張り出した先端の膨らみが、珠月の中のいいところをきつく擦り立てる。

「あっ、んん……、あ、あっ！」

絶頂から下りられないまま、荒々しく腰を突き入れてくる彼の動きに、珠月はなすすべもなく翻弄された。硬い体に背後から抱き竦められ、腰を摑んで上下されながら、感じる部分を擦り立てられる。あられもなく泣き喘ぐ珠月の顔を覗き込み、紫氷がため息交じりに言った。

「そんなにいいのか……？　お前の感じている顔を見ると、たまらなく興奮する……もっともっと、好きなだけ乱れて見せてくれ」

涙と汗に濡れた顔をべろりと舐められて、敏感になった乳首を擦られる。先端をくりくりと撫でられ、きゅっと両方をいきなり摘まれる。

「ひぅっ」

繋がったまま胸の先を弄られると、奥が中のものを勝手に締めつけてしまう。深く呑み込まされた長大な性器のかたちをまざまざと感じさせられて、眩暈がした。

下からゆるゆると突かれるたび、膨らんだ彼の先端が珠月の中を押し広げる。そこからぐちゅぐちゅといういやらしい音が立ち、鼓膜までをも刺激されてしまう。

「はあっ、ああ……っ」

全裸になった珠月は、ぴったりと密着した紫氷の猛烈な求愛にただ翻弄された。

体が異常なほど過敏になり、耳朶を食まれても臍を擦られても、どこに触れられても達しそうなほどの快感に溺れる。

「……元の世界に戻らないと決めてくれたことに、感謝している」

唐突に動きを止めた彼が、珠月の顔を覗き込む。彼は真剣な眼差しで告げた。

「俺は生涯、お前だけを愛すると決めている。だから、どうかお前の愛も、俺だけに向けてほしい」

皇帝として命じるのではなく、ただの紫氷として真摯に懇願されて、珠月は胸がいっぱいになった。

「……も、もう、すべてあなたのものです」

視界が潤み、感極まった気持ちになりながら、必死に答える。

「頼むまでもなかったのか」

破顔した彼に頤を摑まれて仰のかされ、情熱的な口付けが降ってきた。

密着した肌から、激しい彼の鼓動が伝わってくる。

堪えきれなくなったのか、彼が珠月の腰を摑み直すと、にわかに激しく突き上げ始めた。

「あうっ、あっ、あっ!」

視界がぶれるほど揺さぶられて、萎えた珠月のものが蜜を垂らしながら情けなくふるふると揺れる。

きつく乳首を摘まれ、項に吸いつかれて、極太の楔を奥まで捻じ込まれて泣き喘ぐ。

「……っ!」

動きを止めた紫氷が、最奥に叩きつけるように熱い蜜を注ぎ込む。

中で達った彼の興奮が、深く繫がったところから伝わってくる。珠月の奥がひくひくと甘く疼いて、再び軽い絶頂に連れていかれた。

荒い息を繰り返しながら、紫氷が何度も愛しげに首筋や肩に唇を触れさせる。

「珠月……シュリ」

本当の名前を呼ばれて、珠月は驚きに身を強張らせた。

——覚えていてくれたのか。

新たな名をもらってから、十四年の間、呼ばれたことはなかった名前だった。

だが、紫冰はちゃんとそれを心にとどめておいてくれていたようだ。

彼があの頃から、珠月を特別に思っていたことが伝わってくる。

（紫冰さま……）

じんわりと紫冰の思いが沁みて、胸の奥が熱くなった。

二度と戻ることのない世界。

そこでの呼び名は、彼だけが覚えていてくれたらいい。

珠月はもう使うことのない名前を胸の奥にしまい込みながら、最愛の伴侶の熱を感じていた。

＊終章＊

現皇帝は、劉華国歴代のどの皇帝よりも勤勉だと評判だ。

彼は朝早くから宮城に赴き、これまでの皇帝は参加しなかったような朝議にも顔を出す。地方官吏や臣民たちの声にも耳を傾けようと努め、自ら騎獣を駆ってその目で視察にも赴く。国中をより良くするために日々尽力している。

そんな彼は、朝が早いぶん、いつも夕暮れ頃には政務を終えていそいそと翔舞宮に戻る。

夜が更けると、しばらくの間、宮からは美しい簫や琴の音がかすかに漏れ聞こえてきて、護衛兵や使用人たちの耳をも楽しませる。

楽器の音色が消えると、ほどなくして、皇帝が使役する小竜たちが屋根の上に現れる。

四匹の竜たちの定位置は、大棟の両端にある蛟（みずち）のかたちをした螭吻（ちふん）の上だ。

彼らはそれぞれの場所にちょこんと座り、夜が明けるまでのひととき、四方に目を光らせて翔舞宮を守護する。

その頃には、宮の使用人たちはすべて、仕事を終えて別棟の房室に下がる。翔舞宮の本棟には強固な結界が張られて、中にいるのは皇帝夫妻だけになるのだ。

閨での伴侶の声や姿をかけらも見せたくない、という皇帝は、異世界人の伴侶に相当ご執心らしい。

——そして、再び朝日が昇る頃。皇帝は身支度をして、朝議のために宮城に向かう。

彼は自らの騎獣であり、劉華国唯一の翼竜に乗って宮城までの空を飛ぶ。

皇帝の結婚式の際にも翼竜はご機嫌に空を舞い、水神からの祝福として雪のような白銀のかけらをはらはらと撒いた。数百年に一度だという僥倖（ぎょうこう）に、民は歓喜し、記念にと必死でそのかけらを拾い集めたものだ。

その翼竜が日々飛ぶ姿は、宮城の近辺で働く臣民たちの目にもよく留まる。そんな人々の中で、このところ、『翼竜が金色に光って見える』というのはもっぱらの噂だ。

朝の輝きはもちろんのこと、帰宅する際には、よりその光はまばゆく神々しく輝いていると、見た者は興奮して周囲に話して回っている。

宮城に古くから仕える者の中には、騎獣の性質をよく知る者たちがいる。

騎獣は、主人となった者の妖力をもらってエサとする。

彼らは皆、毎朝毎夕皇帝を運ぶ騎獣の毛並みが生き生きと輝いているのを見て、劉華国はまだまだ安泰のようだと微笑み、ホッと胸を撫で下ろすのだった。

終

あとがき

この本をお手に取ってくださり、本当にありがとうございます！

今回は、異世界×中華風ファンタジーの溺愛ものになりました。異能持ちの皇帝にしかできない心眼プレイ的なものを書くのが楽しかったです。

先々皇帝夫妻が夫婦喧嘩をしたら、小竜たちは皆珠月（シュゲツ）の味方になって、ピーピー文句を言ったり恐れ多くもぽかぽか攻撃したりすると思います。でも紫冰（シヒョウ）は伴侶に首ったけなので、そもそも喧嘩しないかもです……。

笠井（かさい）あゆみ先生、素晴らしいイラストを本当にありがとうございました！　拝見した瞬間、あまりの美しさに感激が大爆発で、小竜たちの可愛さにも身悶えております。大きい翼竜のイラストもすごく楽しみです。

担当様、いつもお仕事しやすく進めてくださり、心から感謝です。

それから、この本の制作と販売に関わってくださったすべての方にお礼を申し上げます。

そして、読んでくださった皆様に少しでも楽しんでいただけたら幸せです。また次の本でお目にかかれますように。

二〇二三年十月　釘宮（くぎみや）つかさ【@kugi_mofu】

CROSS NOVELS既刊好評発売中

汪国後宮の身代わり妃

釘宮つかさ Illust 石田恵美

「どうぞお好きなだけ見て触ってください」

気高く美しい翠蓮は、嫁げば必ず短命に終わるという婚姻から従兄を救うため、身代わりに非情と噂の汪国新皇帝・哉嵐の後宮に輿入れした。

けれど霊獣を操る哉嵐に偽物だと見破られ、哉嵐に宿る黒龍の飢えを満たすため彼に抱かれる事で許しを得る。

噂とは違い寛大で優しい哉嵐に夜ごと愛され、広い後宮でたった一人の妃として寵愛を一身に受けて幸せな日々を送るうち、翠蓮は強く哉嵐に惹かれていき……!?

身代わりから始まる汪国後宮溺愛譚、開幕!

CROSS NOVELS をお買い上げいただきありがとうございます。
この本を読んだご意見・ご感想をお寄せください。

〒110-8625 東京都台東区東上野 2-8-7　笠倉出版社
CROSS NOVELS 編集部
「釘宮つかさ先生」係／「笠井あゆみ先生」係

CROSS NOVELS

竜帝陛下の一途すぎる溺愛

著者
釘宮つかさ
©Tsukasa Kugimiya

2023 年 11 月 23 日　初版発行　検印廃止

発行者　笠倉伸夫
発行所　株式会社　笠倉出版社
〒110-8625　東京都台東区東上野 2-8-7　笠倉ビル
［営業］TEL　0120-984-164
FAX 03-4355-1109
［編集］TEL　03-4355-1103
FAX 03-5846-3493
https://www.kasakura.co.jp/
振替口座　00130-9-75686
印刷　株式会社　光邦
装丁　コガモデザイン
ISBN 978-4-7730-6388-2
Printed in Japan

乱丁・落丁の場合は当社にてお取替えいたします。
この物語はフィクションであり、
実在の人物・事件・団体とは一切関係ありません。